Einaudi Tasca
5

Dello stesso autore negli Einaudi Tascabili

*Il fantasma di Mozart e altri racconti*
*I dodici abati di Challant*
*Il miracolo di santa Odilia*
*Gli occhi dell'imperatore*
*I tre cavalieri del Graal*
*Il mistero della sedia a rotelle*
*Killer presunto*

# Laura Mancinelli

I casi del capitano Flores

# Persecuzione infernale

Einaudi

www.einaudi.it

ISBN 88-06-15136-3

# Persecuzione infernale

1.

## La «bagna cauda»

Tutto cominciò con un lieve sentore di aglio vagante nella camera da letto. Aglio? Come poteva esserci arrivato? La porta era chiusa, la cucina lontana, e comunque in quella cucina l'aglio non doveva esistere, non doveva neppure essere nominato. Il Maestro non lo sopportava, anzi, lo odiava.

Fu proprio quell'odore a farlo svegliare torcendo il naso. L'umore, pessimo. Si chiese se non avesse inavvertitamente pestato uno spicchio d'aglio per strada, rientrando la sera tardi, dopo il pranzo di gala. All'Accademia dei «Raffinati» (sottinteso: «gastronomi») era stata presentata una versione da lui stesso elaborata, e che tutti avevano trovata sublime, di «agliata senza aglio». Il famoso condimento di aglio e rosmarino pestati a lungo nel mortaio con olio e burro, da fare con spicchi giovani e rosati e con le prime cimette del rosmarino primaverile, ancora verdi e tenere, quello stesso condimento che, conservato in luogo fresco, può durare fino alla primavera successiva e che porta il nome di «agliata», nella sua versione aveva una sola e semplice variante: l'aglio era sostituito dalla cipolla. Nobilissimo vegetale, certo, che tuttavia, bisogna ammetterlo, ha sapore e odore totalmente diversi. Ma al Maestro la cipolla piaceva.

Certo, ora si trattava di trovare un nome nuovo per l'agliata. «Cipollata» era stato scartato perché già designava qualcosa di completamente diverso. Altri nomi adeguati non si erano trovati e si era perso molto tempo per risolvere l'aspetto semiologico della questione: un'«agliata senza aglio» non era accettabile. La definizione «ex agliata» fu subito respinta perché troppo burocratica. Il Maestro aveva proposto «mistura quondam allio confecta», ma i colleghi gli avevano fatto rispettosamente notare che il latino era stato da tempo soppiantato dall'italiano, e nelle cucine quel condimento rischiava di essere ridotto al solo «quondam», che nessuno avrebbe capito. Essendosi fatto molto tardi nel vano tentativo di risolvere il problema, la seduta era stata aggiornata a data da destinarsi.

Quindi, solo nel tragitto dall'Accademia a casa avrebbe potuto entrare in contatto con dell'aglio... Il Maestro balzò giú dal letto, afferrò le scarpe e avvicinò cautamente il naso alle suole. Le sue narici esclusero completamente l'ipotesi. Si guardò intorno con occhio indagatore: che ci fosse nella camera, non diciamo proprio una resta d'aglio appesa da qualche parte (in casa non ne sarebbe potuto entrare neanche uno spicchio), ma un mazzetto di quei fiori bianchi che nei boschi, in primavera, emanano un vago profumo d'aglio? No, nessun mazzetto di quei fiori nella stanza. Senza contare che in quel momento non si era in primavera, ma nel pieno dell'autunno.

Gli venne un dubbio atroce: che sua moglie frequentasse qualche consumatore d'aglio e contaminasse di conseguenza la sua camera da letto? Cautamente avvicinò il naso al guanciale della moglie e fiutò a lungo: niente, solo violetta di Parma (unico profumo in uso nella casa, da quando al Maestro ne era stato regalato un bottiglione). Tirò un sospiro. Sua moglie non lo tradiva, dettaglio non del tutto trascurabile, ma soprattutto non lo tradiva con uno che mangiava aglio.

Occorre narrare, a questo punto, l'origine dell'agliofobia del Maestro, manifestatasi in seguito a una colossale abbuffata di «bagna cauda». Viene cosí denominata, infatti, una salsa a base di acciughe salate e, per l'appunto, di aglio, di antica tradizione piemontese. Del Piemonte occidentale, per la precisione, al confine con la Liguria, come dimostra il connubio aglio-olio-acciuga, in cui s'intingono varie verdure crude: dai peperoni alle foglie di cavolo, dai sofisticati cardi agli ammiccanti topinambours. In origine si faceva friggere abbondante aglio nell'olio e in ultimo si aggiungevano le acciughe che all'epoca non venivano lavate, cioè dissalate, né diliscate. Salsa primordiale, come s'intuisce facilmente, e piuttosto povera, adatta a palati forti e a stomaci decisamente non sofisticati. Ed ecco che di questa salsa si impadroniscono i ristoratori e cominciano a ingentilirla: ci aggiungono latte, burro, qualche volta persino panna, riducono drasticamente la quantità d'aglio, in origine di una testa (una testa!) per persona. Invece della semplice frittura nell'olio, ora l'aglio deve bollire nel latte, sciogliendosi fino a formare una specie di poltiglia biancastra, cui si aggiungono le acciughe, accuratamente lavate e diliscate, e la cui misura varia secondo le abitudini e i gusti dei commensali. Quello che non dovrebbe variare è la proporzione dell'aglio, dettata dalle piú antiche consuetudini culinarie contadine, ma siamo sicuri che qualcuno si arroga il diritto di decimarla. L'uso della panna è sconsigliato, se non vietato categoricamente, ma non c'è dubbio che molti ristoratori subdoli l'aggiungano di soppiatto: pare osino farlo anche col ragú alla bolognese.

Ora, accadde una volta che un gruppo di amici, tutti piemontesi purosangue, decidesse di fare una bagna cauda alla moda antica, o quasi: teste d'aglio regolamentari, concessione alla cottura nel latte, aggiunta di un pezzetto di burro, e una consona quantità di acciughe, opportunamente dissalate e diliscate. Ne risultò una salsa perfetta, vellutata e cremosa, come dev'essere una bagna cauda accettabile ai nostri palati delicati, e anche un po' sofisticati, come vuole insomma la moda dei nostri tempi. Resta immutato l'afrore che per qualche giorno emana dalla pelle di chi l'ha mangiata.

Di questa bella compagnia faceva parte il Maestro, che anzi si compiacque di rimestare personalmente nella pentola di coccio in cui l'aglio bolliva col latte, e anche piú tardi, quando a quella poltiglia densa vennero aggiunti l'olio, il burro e le acciughe: il momento piú delicato della preparazione. Sí, perché mescolando accuratamente e con somma perizia, da quell'insieme di ingredienti eterogenei e apparentemente contrastanti si doveva creare, e la parola in questo caso non è esagerata, la splendida salsa vellutata che è la bagna cauda. Fu un trionfo. Il Maestro fu applaudito a lungo e calorosamente. I commensali, in piedi intorno al tavolo, cominciarono a intingere larghi tranci di peperoni, rape violacee, bianchi cardi e cavoli verdognoli nel paiolo fumante, tenendo una fetta di pane nella mano sinistra come d'uso, per raccogliere le sgocciolature della salsa; e per tutta la sera continuò ininterrotto il coro degli elogi, come se avesse fatto tutto lui.

Fu quella stessa notte che cominciarono i problemi. «Saranno i peperoni? – si domandava l'insonne girandosi e rigirandosi nel letto. – O troppe foglie di cavolo crudo?» Il cavolo era la verdura che preferiva intingere nella bagna cauda: per quella sua forma bitorzoluta capace di catturare una tale quantità di salsa... «O che il vino non fosse genuino?» Questo pensiero gli si fissò in mente come un chiodo. Era pur vero che proveniva dalla cantina di un amico, ma di un amico astigiano, e quel barbera nato e maturato sulle colline dell'Astigiano... Il suo pensiero ripercorse la storia: sempre ghibellini gli astigiani, fedeli all'imperatore e quindi sempre pronti a tradire e aggredire le città vicine fedeli al papa. E proprio in una città guelfa aveva avuto luogo la bagna cauda. Come aveva fatto a non pensarci? E se il vino fosse stato, non voleva pensare avvelenato, ma inquinato dagli umori ghibellini traspiranti dalle mura di una cantina astigiana? E quindi fosse diventato venefico per gli stomaci guelfi? In tal caso solo alcuni di loro si sarebbero sentiti male. Sarebbe stato un effetto venefico selettivo. Come i diserbanti. Forse qualcuno dei commensali voleva vederlo morto. Ma chi?

Cercò di distogliersi subito da questo pensiero, dato che gli si era presentata alla mente una lista non breve di possibili, se non probabili, sospetti.

«L'unica soluzione è aspettare domani: telefonerò a qualcuno dei commensali per sentire come sta», disse tra sé.

Ma non ci fu un domani. Risvegliata verso le tre del mattino da un urlo selvaggio, sua moglie lo vide contorcersi nel letto aggrovigliandosi la trapunta sullo stomaco. Chiamò subito l'ambulanza. Al pronto soccorso non fu necessario spiegare nulla: quando la barella entrò nella sala della lavanda gastrica, i sanitari seppero subito sentenziare, quasi in coro:

– Abuso di bagna cauda –. E procedettero all'intervento.

## 2.

## Una vita difficile

La vita del Maestro fu salva, ma il suo palato compromesso per sempre. Da quel giorno rifiutò l'aglio e qualunque cibo che emanasse, sia pur debolmente, sentore di aglio.

Dovette rinunciare ai mezzi pubblici: se solo uno dei passeggeri avesse mangiato una bruschetta, con che autorità avrebbe potuto obbligarlo a confessare e poi a scendere? Una volta, in verità, ci aveva provato: era salito su un autobus per andare a fare la sua lezione all'Università, al centro di un'isola pedonale dove solo i mezzi pubblici erano ammessi, e le sue narici furono trafitte da stilettate d'aglio. Si azzardò a dire, ma il suo era pur sempre un vocione baritonale: – Chi ha mangiato aglio tra i presenti? – Tutti ammutolirono e lo guardarono sorpresi dall'imprevedibile domanda. Poi qualcuno, sghignazzando, alzò la mano dicendo: – Io –: risultò che quasi tutti su quell'autobus avevano mangiato aglio. Si formò intorno al Maestro un'incresciosa gazzarra, nonostante l'abbigliamento lo rivelasse professore della vicina Università. Frasi come: «Che cos'ha lei contro l'aglio?» e «È forse stata proibita la bruschetta?», e queste sono le uniche impunemente riferibili, si fecero tanto insistenti da richiedere l'intervento del conducente, che dovette bloccare l'autobus e andare personalmente in aiuto del Maestro, assediato da una cerchia sempre piú fitta di passeggeri e fatto bersaglio di ignominiose alitate sul viso.

– Questo pover'uomo non sopporta l'odore dell'aglio, – disse perentorio il conducente, – e voi non dovete infierire su di lui. Quanto a lei, signore, – disse rivolgendosi al Maestro, – è meglio che eviti i mezzi pubblici, se è cosí sensibile –. E, aperta la portiera, lo fece scendere. Il Maestro, benché mortalmente offeso da quel «pover'uomo», ringraziò il conducente e si avviò a piedi, mentre dai finestrini dell'autobus, che riprendeva la corsa, tante facce sghignazzanti gli urlavano cose che non è bene riferire.

Non sappiamo come i componenti dell'Accademia risolvessero il problema della nuova denominazione da dare all'agliata, né se l'abbiano in qualche modo risolto. Sappiamo invece, da fonte certa, che la vita del Maestro, dopo l'infausta indigestione di bagna cauda, divenne estremamente difficile. Al limite della tollerabilità.

Doveva prendere un taxi? Prima era necessario trovare un pretesto per avvicinare il naso alla bocca del conducente e accertare l'assoluta assenza di quel sentore per lui insopportabile. Riuscí a escogitare un sistema quasi sempre infallibile: prima di aprire la portiera del taxi accostava il viso al finestrino del conducente e gli mostrava una banconota di grosso taglio, chiedendogli se aveva il resto. Di solito il conducente rispondeva di no, ma non era quello il vero scopo della domanda, e se l'interpellato si rivelava esente da aglio il Maestro, dicendo «non importa», apriva lo sportello e saliva in macchina, lasciando il tassista a dir poco perplesso.

È pur vero che qualche volta si verificavano incresciosi equivoci, per esempio quando il conducente interpretava quel suo sventolare banconote di grosso taglio come un tentativo di approccio erotico, creando situazioni a dir poco spiacevoli. Ma ancor piú spiacevole era il caso che, indenne il tassista dall'abominato sentore, l'abitacolo se ne rivelasse impregnato per aver ospitato in precedenza qualche viaggiatore agliofilo. In questo caso il Maestro si affrettava a scendere con una scusa qualsiasi, pagando al conducente l'intera corsa.

Ma i suoi problemi quotidiani non erano limitati agli spostamenti: c'erano le lezioni universitarie di semiologia. Aule zeppe di studenti pieni di ammirazione, animati da fervente spirito semiotico. Tra i quali tuttavia qualcuno che aveva mangiato anche una sola bruschetta, o qualcosa di simile, non mancava mai. Aveva un bel premersi sul naso il fazzoletto impregnato alla violetta di Parma, il Maestro! Le sue narici erano diventate cosí sensibili che anche un soffio d'alito lontanissimo, proveniente, poniamo, dal fondo dell'aula, riusciva a inoltrarsi nel tessuto del fazzoletto provocando al suo olfatto una sofferenza terribile. Si vide costretto a far divulgare, attraverso canali segreti e di piena fiducia, la notizia della sua idiosincrasia. E questo evitò disastrosi incidenti soprattutto agli esami orali, che avvenivano a distanza ravvicinata: chi doveva sostenere l'esame di semiologia sapeva che per almeno una settimana era meglio astenersi dall'aglio. Cosí il Maestro riteneva di aver risolto il problema della vita universitaria, la prima vittoria sul fronte della guerra a quella rara malattia. Perché di autentica malattia si poteva parlare.

Ma ogni vittoria può avere un suo risvolto negativo. Tra l'anonima folla degli studenti a lui devoti, doveva nascondersi qualche avversario, un nemico efferato che, avendo captato il suo punto debole, trovava il modo di effondere di lontano, in modo subdolo e innaturale, un lieve sentore di aglio... tanto lieve che nessuno dei vicini lo poteva percepire, solo il suo povero naso malato, pur lontanissimo e protetto dall'immancabile fazzoletto alla violetta di Parma, ne era offeso in modo atroce. Chi fosse l'autore, o gli autori, di questo misfatto, non si seppe mai. Con quale mezzo venisse diffuso l'aborrito sentore, neppure. Nessuno degli studenti fedelissimi, che aveva sguinzagliato tra la folla degli anonimi allo scopo di scoprire l'infame attentatore, riuscí a captare il benché minimo odore di aglio.

Non occorre dire che la vita del Maestro precipitò nella piú nera disperazione. Alla fine giunse a convincersi che qualche avversario, suo o della semiologia, lo perseguitasse strofinandogli di nascosto degli spicchi d'aglio sugli abiti, magari approfittando della ressa all'uscita dalle lezioni.

Un giorno, camminando in mezzo alla folla del

centro cittadino, ebbe l'impressione che un uomo, male in arnese, lo seguisse. Non poteva essere un collega, era vestito troppo male, miseramente, non con quella sofisticata sciatteria apparente che va di moda anche tra i professori universitari. Non poteva essere un collega, quindi, e neppure uno dei suoi avversari. Ma poteva essere un poveraccio assoldato da qualcuno dei suoi nemici per strofinargli l'aglio sugli abiti. Anzi, doveva essere certamente cosí.

Continuò a camminare tenendo d'occhio lo sconosciuto. A un certo punto la folla si diradò, e quello sempre dietro. Gli parve persino che guadagnasse terreno per accorciare la distanza che li separava. Poi quello tirò fuori una mano dalla giacchetta lisa e stretta. Il Maestro se ne accorse guardando l'immagine riflessa in una vetrina di scarpe. Non c'era alcun dubbio: in quella mano protesa verso di lui c'era uno spicchio d'aglio, sicuramente già sbucciato. Allora il perseguitato prese una decisione coraggiosa: si fermò di botto, girò sui tacchi e affrontò a piè fermo il killer dell'aglio.

– Ehi lei! Faccia vedere che cosa tiene in quella mano! – Il tono era quanto mai minaccioso; trovandosi faccia a faccia con quell'uomo malvestito, aveva rapidamente fatto il calcolo del peso complessivo, del corpo e dei vestiti, e della forza di un eventuale pugno. Scarso, molto scarso.

L'omino, sorpreso e spaventato, mostrò la mano aperta che non conteneva niente.

– E l'altra? – insistette il Maestro con tono burbero. L'omino non capiva perché quel signore ben incappottato volesse vedere le sue mani. Tuttavia tirò fuori dalla tasca, dove la teneva riparata dal freddo pungente, l'altra mano e la mostrò aperta a quello sguardo indagatore. Lo strano personaggio, non contento di averla vista vuota, ci mise il naso sopra e l'annusò.

– È sicuro di non avere dell'aglio da qualche parte? – gli chiese con tono un po' ammansito. L'altro lo guardò stupito.

– Dell'aglio? E per farne che?

– Allora perché mi seguiva? – La domanda era perentoria, e l'omino, un po' confuso e quasi balbettando rispose:

– Per chiederle un po' di soldi, giusto per comprarmi un panino.

A quel punto il Maestro si convinse di essersi sbagliato e gli diede alcune migliaia di lire. Congedandolo disse:

– Mi scusi, l'avevo scambiato per... – E non proseguí perché non sapeva che cosa dire. Poi accennando ai soldi che l'altro teneva nella mano ancora aperta, aggiunse:

– Ce n'è anche per la mortadella.

## 3.
## Incontro fatale

Un giorno, mentre usciva dall'aula dopo la lezione, fu scorto da un signore che lí era capitato per caso, aggirandosi incuriosito per il centro storico della città, mentre la moglie guardava le vetrine dei negozi sotto i portici. Entrambi facevano confronti con la loro vecchia cittadina di provincia. Lui, Florindo Flores, capitano di polizia a riposo, si compiaceva della cura con cui erano mantenuti palazzi antichi e torri medievali, mentre al suo paese anche quel poco di antico che c'era veniva lasciato andare in rovina. Invece sua moglie era presa da grande meraviglia per l'eleganza e il buon gusto delle vetrine di abbigliamento.

A un certo punto il capitano a riposo Flores era entrato per curiosare in un edificio antico, che aveva scoperto essere sede di una Facoltà universitaria. Gironzolando per i corridoi, pensava che al suo ritorno avrebbe potuto farsi promotore di un'associazione per la conservazione e il restauro delle antichità del suo paese. Tanto non aveva nulla da fare. L'orticello e il giardino di casa sua non gli portavano via molto tempo...

E cosí, mentre camminava pensando all'organizzazione di questa benemerita impresa senza alcuno scopo di lucro, andò a sbattere in un signore a dir poco imponente, che si teneva un fazzoletto premuto contro il naso.

– Oh, no! – si fece sfuggire Florindo Flores, e cercò subito di mescolarsi alla folla degli studenti che sciamavano fuori da un'aula apertasi proprio in quel momento. Credeva di essere riuscito a evitare l'incontro con l'uomo che meno desiderava incontrare: aveva subito riconosciuto il viso di quella gigantografia dell'Università di Sassari, il luminare che aveva cercato di proteggere non sapeva neppure lui da che cosa. Ma si sentí afferrare per un braccio da una mano salda che impose al suo corpo un mezzo giro su se stesso. L'uomo che l'aveva fermato lo scrutò a lungo attraverso gli spessi occhiali di forma rettangolare, come cercando nella memoria un viso noto. Infine disse:

– Noi ci conosciamo, non è vero? O almeno ci siamo già incontrati. Mi sbaglio o lei portava ogni tanto un berretto da capitano di polizia?

– Infatti, – ammise Florindo Flores, maledicendo per la prima volta in cuor suo il berretto che gli era tanto caro. – Sono capitano di polizia a riposo. Ci siamo visti, o meglio io ho visto lei, quando è venuto a fare quella bella conferenza a Sassari. Ma non pensavo che lei mi avesse notato: ero uno qualunque della folla.

– Forse. Ma ho notato che in qualche circostanza portava quel berretto.

– Ah, – disse il capitano Flores, – non credevo che... – Poi si fermò, non sapendo come proseguire. – Ma vedo che lei è molto raffreddato, e in questo corridoio ci sono degli spifferi. Sempre un po' freddi questi edifici antichi... – Cercò di concludere la conversazione percependo un vago pericolo in arrivo. Perché il luminare l'aveva fermato? A Sassari non si erano scambiati neppure una parola.

– Non sono raffreddato, e gli spifferi non c'entrano. Capitano, ho bisogno del suo aiuto, – disse il Maestro con tono perentorio. Florindo Flores impallidí. «Ci risiamo, – pensò. – Questo qui m'incastra per la terza volta».

Cercò di difendersi, dopo essersi raschiato la gola:

– Sa, veramente io sono in questa città con mia moglie, siamo di passaggio per festeggiare le nostre nozze d'argento. Quando ci siamo sposati non avevamo i soldi per il viaggio di nozze, come spesso accade quando si è giovani. E adesso che abbiamo i capelli grigi... – E intanto cercava di liberare, con piccole mosse discrete, la manica del cappotto nonché il braccio in essa contenuto, dalla ferrea morsa di quella mano pelosa. Naturalmente senza alcun esito.

– Ah, molto bene, molto bene! – continuava imperterrito il vocione. – Non le chiedo che di fermarvi un paio di giorni in questa città, che d'altronde merita di essere visitata attentamente. O forse non vi piace quest'antica città? – chiese col tono di chi fa l'ultima domanda, quella definitiva, a un candidato dall'incerto destino.

– Per carità, mi piace moltissimo. Ma avevamo intenzione, mia moglie e io, di proseguire per Venezia. Io ci sono già stato per motivi di servizio, ma mia moglie no: i figli, sa, non poteva lasciarli soli... e ora che sono grandi ci siamo presi finalmente questa vacanza.

– Ma a me non dovrà dedicare che un paio di giorni... Il tempo di risolvere un mio problema personale... che le dirò. Non appena avremo trovato un posticino tranquillo per parlare in pace. Dove ha dato appuntamento a sua moglie?

– Qui vicino, al caffè Petronio.

– Bene, andiamo ad aspettarla al caffè Petronio. Là staremo comodi e non correremo il rischio di essere calpestati da questi energumeni.

Gli energumeni erano la massa degli studenti che, tra una lezione e l'altra, si spostavano nel corridoio. In realtà il Maestro era piú alto e massiccio della maggior parte di loro, ma quelli erano molti e ponevano scarsa attenzione a chi per avventura incrociava il loro cammino.

Continuando a mantenere la presa sul braccio del capitano, il Maestro si diresse all'uscita, percorse un breve tratto di strada ed entrò con la sua preda nel caffè Petronio che, difeso da spesse mura medievali e da una doppia porta di pesanti cristalli, pareva una deliziosa isola di silenzio in mezzo al frastuono della strada. Frastuono di voci, non di automobili in corsa, perché tutta la zona era isola pedonale, come si è già avuto occasione di dire.

Florindo Flores riconobbe subito la moglie seduta a un tavolino d'angolo, sotto il quale i suoi piedi senza scarpe si sfregavano l'un l'altro, nell'evidente tentativo di alleviare la stanchezza. La presentò al Maestro, che la omaggiò di un mezzo inchino. Lei rimase seduta solo perché i suoi piedi stavano cercando le scarpe sotto il tavolino, mentre il professore con ostentata cortesia le diceva:

– Stia pure comoda, signora, per carità, stia comoda. Ho incontrato per caso suo marito, un vecchio amico conosciuto a Sassari, in occasione di una mia conferenza, non so se gliene abbia parlato...

Capí che la notizia le era nuova dall'aria stupita della donna e se ne rallegrò: un marito che non racconta tutto alla moglie dimostra di essere una scorta affidabile. In realtà la signora Flores si stupiva che suo marito a Sassari potesse ingannare la solitudine andando ad ascoltare conferenze.

Il Maestro, da parte sua, aveva calcolato che in presenza di quella moglie poteva parlare tranquillamente del suo problema.

– Mio caro capitano, ho bisogno del suo aiuto perché mi liberi da un grave inconveniente: e dire inconveniente è dire poco, anzi nulla. Sono oggetto di una persecuzione che rischia di uccidermi, che mi condurrà sicuramente alla morte, se lei non ne scopre la fonte.

– Faccia di Legno! – sfuggí di bocca a Florindo Flores.

– Come ha detto? – chiese l'altro.

– Niente, niente. Era solo un'ipotesi, ma evidentemente mi sono sbagliato. Mi parli di questa persecuzione. In che cosa consiste?

– Aglio. Puzza d'aglio.

– Aglio? – si stupí il capitano Flores. – Basta evitare di mangiarne, e al massimo evitare chi ne mangia.

– Lei crede? Ebbene non è cosí. In casa mia non entra uno spicchio d'aglio, i miei familiari hanno la proibizione assoluta di frequentare mangiatori d'aglio, io stesso ho dato ordine ai miei allievi piú fidati di circolare tra gli studenti prima della mia lezione ed espellere quelli che puzzano d'aglio; se entra qualcuno in ritardo a lezione già iniziata, cosa che succede sempre piú spesso con il progredire della maleducazione giovanile, viene subito bloccato da uno dei miei assistenti e sottoposto alla prova dell'alito.

– La prova dell'alito? Che cos'è? In tanti anni di servizio nella polizia non ne ho mai sentito parlare.

– Elementare: si fa aprire la bocca al sospettato e ci si ficca il proprio naso. Non può sfuggire nemmeno il sentore di aglio digerito due o tre giorni prima. Io stesso sottopongo a questa prova il tassista quando prendo un taxi, perché, come lei può ben immaginare, non posso servirmi dei mezzi pubblici.

– Capisco, – disse il capitano Flores. – Anche a me l'aglio piace poco. Ma la sua dev'essere una vera e propria allergia. E tutte queste precauzioni che prende non sono sufficienti a...

– A difendermi dalla puzza d'aglio? Ebbene no. Ed è per questo che nel momento in cui l'ho vista nel corridoio dell'Università mi sono detto: ecco chi può salvarmi, chi può tenere lontano da me questa pestilenza, questo mefitico odore che mi permette di immaginare cosa dovevano essere le pestilenze medievali. Le confesso, caro amico, il sospetto che qualcuno, a conoscenza di questa mia debolezza, mi perseguiti con la puzza d'aglio provocata non saprei come. So di avere dei nemici nell'ambiente universitario, invidiosi forse, o avversari della disciplina che insegno, la semiotica, che non tutti accettano... molti la combattono, come si combattono tutte le novità destinate a rivoluzionare il mondo.

Florindo Flores si chiese in silenzio in che modo la semiotica potesse rivoluzionare il mondo. La signora Flores ascoltava piena di ammirato stupore. Non aveva mai sentito parlare cosí bene.

Anche Florindo Flores aveva ascoltato senza intervenire la concione del professore, chiedendosi come avrebbe potuto proteggere quell'uomo che gli parlava premendosi sul naso un fazzoletto impregnato di profumo dolciastro, dal momento che già tutte quelle precauzioni si erano rivelate vane. «E poi, – diceva tra sé, – perché questo signore si rivolge proprio a me?»

Quasi avesse potuto leggergli nel pensiero, il professore gli prese una mano e, stringendogliela con passione, disse:

– Capitano, solo lei può salvarmi. Ho visto con quanta solerzia e audacia mi scortava durante il mio soggiorno a Sassari, certamente per incarico delle autorità locali.

– No no, professore, era stata una mia iniziativa privata, per un sospetto che mi era venuto in mente e che si è rivelato... be' non so. Comunque fu tempo perso. Preferirei non parlare di quella vicenda. D'altra parte io sono, sí, capitano di polizia, ma a riposo. E ora sono qui come un turista qualsiasi, con mia moglie... Se permette, gliela presento, Ermina Flores. Io mi chiamo Florindo Flores –. E si strinsero la mano. La signora Flores ebbe l'onore, per la prima volta nella sua vita, di ricevere un lieve baciamani dall'omone, che si era alzato cerimoniosamente in piedi e si era piegato attraverso il tavolino sulla sua minuscola figura, paralizzata da tanta gentilezza.

– Vede, professore, – continuava il capitano, – abbiamo tutto un programma per questo viaggio, diciamo cosí, di nozze. Domani si vorrebbe partire per Venezia, e fermarci lí qualche giorno. Mia moglie non c'è mai stata.

– Perfetto! – esclamò il professore. – Che bella combinazione! Anch'io devo essere a Venezia, non domani per la verità, ma la settimana prossima, per incominciare lunedí il mio ciclo di lezioni sulle possibilità virtuali della semiotica in ambiente sottomarino, al fine di salvare Venezia dallo sprofondamento.

– Da che? – chiese il capitano Flores, che aveva sentito parlare della crescente frequenza dell'acqua alta, ma non aveva mai pensato a un vero sprofondamento.

– Sí, mio caro capitano, dallo sprofondamento e quindi dalla scomparsa di quella splendida città, che in tal caso si potrebbe solo visitare con appositi vaporetti sottomarini, senza contare ovviamente palombari e subacquei. Dunque voi partite domani e io non vi chiedo di cambiare i vostri programmi. Che giorno è oggi?

– Venerdí, – rispose il capitano Flores, e tra sé mormorò «naturalmente».

– Benissimo. Anticiperò il mio viaggio di due giorni. Partirò con voi e dal momento che conosco molto bene Venezia, vi farò da guida in questi due giorni di vacanza. S'intende che tutte le spese saranno a mio carico.

– No, professore, non è il caso... – mormorò Florindo Flores.

Ma tra sé cominciava a pensare che almeno un po' di fortuna, in quella faccenda, l'aveva avuta: giusto poco prima aveva fatto i conti con la moglie, scoprendo che dopo un paio di giorni a Venezia non avrebbero avuto che i soldi per tornare a casa.

– E lei, capitano, avrà anche una diaria per il suo servizio –. Florindo Flores arrossí di gioia, e mentre bisbigliava dei rifiuti, ma tanto ingarbugliati da risultare incomprensibili, il Maestro si alzò, pagò il conto per tutti e, aperta la porta, cedette il passo con gesto cavalleresco alla signora Flores.

4.

# Arrivo a Venezia

Mentre il treno stava entrando nella stazione di Santa Lucia, il Maestro si sentí in dovere di preparare i suoi compagni di viaggio allo spettacolo che li avrebbe accolti appena usciti dalla stazione, illustrando le meraviglie che si sarebbero presentate ai loro occhi tra qualche istante. Attraversarono la stazione, illuminata a giorno perché erano state già accese tutte le lampade – era quasi sera – e si diressero verso l'uscita. Aprendo la grande porta a vetri che immetteva sulla scalinata esterna, il Maestro disse solennemente:

– Ora avete ai vostri piedi quella che fu un tempo la regina dell'Adriatico, la Serenissima.

E si trovarono di colpo immersi in una sostanza bianca e spumosa, umidiccia ma non propriamente fredda, attraverso la quale non si vedeva proprio nulla. Pareva che lí il mondo finisse.

– Nebbia, – sentenziò il Maestro. – La proverbiale nebbia di Venezia.

I coniugi Flores ficcarono gli occhi in quella specie di ovatta aeriforme, cercando di scoprire almeno da dove venivano certi rumori di voci umane e sferragliamenti, che sembravano giungere da molto lontano. Ma non scorsero nulla.

– Attenti che qui c'è la scalinata che scende al livello della città. La stazione, come forse avete notato, è sopraelevata.

Non l'avevano notato. Solo ora Florindo Flores si rese conto che la nebbia c'era stata anche durante il viaggio, ma una nebbia che lasciava intravvedere dai finestrini case e alberi brulli, «come quella di Torino», gli era venuto da pensare. Qui invece non si vedeva proprio niente.

– Non è sempre cosí, – disse il semiologo a titolo di conforto. – Ma adesso fate attenzione alla scalinata. Anzi, facciamo una cosa: io do la mano a lei, capitano Flores, e lei dà la mano a sua moglie. Cosí facciamo una catena e speriamo di non ruzzolare.

E cosí fecero. Il semiologo, come pratico del luogo, nebbia compresa, scese il primo gradino tastando prudentemente col piede il suolo, e attese che gli altri due avessero fatto altrettanto. Poi il secondo, e cosí via. Tutto procedette senza incidenti, tolto qualche scontro con persone che salivano la scalinata, e che apparivano come fantasmi materializzatisi all'ultimo istante. Ma tutti camminavano con grande cautela e gli scontri non erano violenti.

– Peccato non aver mai contato i gradini di questa scalinata, – disse a un tratto il semiologo, – ché in tal modo sapremmo a che punto siamo. Però dall'avvicinarsi delle voci e dei rumori, deduco che siamo verso la fine.

Infatti ci fu uno scossone. Il Maestro, che aveva predisposto il piede per scendere un gradino, non lo trovò, perché non c'era. La scalinata finiva lí, e il contraccolpo che ne ebbe il primo della catena si propagò agli altri due che barcollarono, ma non caddero.

– Siamo arrivati, – sentenziò il Maestro. – Ora non ci resta che trovare l'imbarcadero del vaporetto. Siamo sul Canal Grande, l'arteria madre di Venezia. Peccato che non si veda niente.

In quel momento si udí il fischio di un vaporetto in arrivo. Ma da dove? – Eccolo, – disse il Maestro con qualche esitazione nella voce. – Però non lo vedo. Non vedo neppure l'imbarcadero. Non dobbiamo rischiare di cadere nel Canale. Aspetteremo il prossimo, e intanto cerchiamo di orientarci.

O perché la nebbia si era un poco diradata, o perché i tre viaggiatori vi si stavano abituando, riuscirono a scorgere un lume che veniva da destra, e udirono distintamente una voce che diceva «ocio, ocio»: poi uno sferragliamento e un urto.

Qualcosa tremò: era l'imbarcadero urtato dal vaporetto. La voce nel buio continuava a gridare quella strana parola misteriosa: «ocio, ocio!»

– Potremmo prendere questo vaporetto, ma non vorrei mettere a rischio per la fretta l'incolumità della signora, – disse il Maestro, muovendo cautamente i passi in direzione dello sferragliamento. – La prudenza non è mai troppa quando c'è la nebbia. E d'altra parte è già tardi.

Si udí il rumore di un cancello metallico, accompagnato dalla solita parola misteriosa e da alcune altre che nessuno capí, poi il suono di ferraglia del vaporetto si staccò dall'imbarcadero.

I tre si ritrovarono in un gabbiotto, dove la nebbia penetrava, sí, ma un po' rarefatta da certi lumi appesi alle pareti. Si sedettero su una panca totalmente intrisa di umidità, ma allettante per le loro gambe, stanchissime e persino un po' tremanti.

– Professore, – chiese Florindo Flores, – che cosa significa quel grido che si è sentito ripetere quando il battello ha attraccato all'imbarcadero? «Ocio», mi pare.

– Ah, ah, – rise il Maestro, – questi veneziani! *Ocio* vuol dire occhio in dialetto veneto, e si usa per avvertire di un pericolo in arrivo. Potrebbero benissimo gridare «attenzione» o qualsiasi altra cosa ma sono molto attaccati al loro dialetto e a certe parole soprattutto. Questa è una delle piú importanti, e il semiologo si diffuse sulle sopravvivenze dialettali in ambito veneto e veneziano in particolare, come lo «scoasse» «scoasser» che avrebbero sentito gridare al mattino al passaggio del carretto che raccoglie la spazzatura, e altre di cui avrebbero avuto esperienza durante il soggiorno veneziano.

La signora Flores stava per chiedere quanto sarebbe durato quel soggiorno veneziano, che prevedeva tutto immerso nella nebbia, quando il grido di avvertimento si udí, lontanissimo e poi piú vicino, sempre piú vicino, seguito dal solito sferragliamento e da un urto dell'imbarcadero tale che la povera donna sarebbe caduta se il possente braccio del Maestro non l'avesse sorretta.

– Attenzione, – disse muovendo verso l'uscita sul Canale, che non si vedeva assolutamente, ma si poteva intuire dal vocío della gente e dalle grida degli addetti all'imbarco. – Questo è il momento piú pericoloso. Io mi occupo della signora. Lei, capitano, cerchi di arrangiarsi.

Intanto una folla di gente si era assiepata all'ingresso del vaporetto nell'attesa che scendessero i passeggeri in arrivo. Qualcuno, evidentemente preposto a impedire eventuali cadute in acqua, frenava la folla in partenza col corpo, allargando braccia e gambe, e gridando:

– Indrio, indrio, fioi d'un can! Voleu cader tuti in Canal? Speté, sté bon!

In quel momento un altro rumore vicinissimo annunciò l'apertura del cancello d'accesso al vaporetto. C'era da fare un lungo passo per scendere dall'imbarcadero al natante: il Maestro sollevò letteralmente con un braccio la piccola signora Flores, e anche il capitano evitò di cadere in acqua solo perché afferrato dall'interno da una robusta mano.

– Ghe semo tuti? – urlò un'altra voce, proveniente dall'ignoto. Poi ancora un rumore di ferraglia: il cancello d'ingresso era stato chiuso. Cominciò il lento viaggio del vaporetto nella nebbia. A ogni fermata la voce ignota ne urlava il nome. Quando pronunciò la parola «Accademia», il semiologo prese per mano la signora Flores e si avvicinò al cancello. Tutto si ripeté come all'imbarco: catena umana, saltino del Maestro con la signora Flores sotto il braccio, rischio di caduta in acqua del capitano. E furono finalmente coi piedi sul selciato dello spiazzo antistante l'Accademia.

Che non si vedeva. Ma il Maestro, col tono di chi è pratico del luogo, disse:

– Rifacciamo la catena –. E s'avviò in una direzione nota a lui solo, tastando con la mano libera i muri. Dopo due o tre svolte, si fermò davanti a una porta a vetri, dalla quale proveniva una luce fioca. Sopra la porta un'insegna luminosa pareva suggerire il nome dell'albergo, che però non si leggeva.

– Siamo arrivati, – disse spingendo la porta a vetri. E si trovarono in un atrio confortevole, illuminato in modo tale che potevano, finalmente, distinguere degli oggetti: due poltrone, il banco della reception, una scala che portava ai piani superiori. Era l'albergo dove erano state prenotate le loro stanze.

E tutti tirarono un sospiro di sollievo.

## 5.

## La Serenissima

Il mattino dopo Venezia era proprio la Serenissima. Nel cielo terso a oriente stava per sorgere il sole preannunciato dalla luce dorata dei primi raggi.

La nebbia mattutina si trasformava in rugiada facendo scintillare gli alberetti della calle, le tegole dei tetti di fronte e ogni angolo illuminato dal sole. Anche i gerani che Ermina trovò sul davanzale quando aprí la finestra erano roridi di rugiada. Vi tuffò la mano, la ritrasse tutta bagnata, rise. Dunque quella era Venezia, non il groviglio di rumori e voci aleggianti nel nulla biancastro della sera prima.

Quando i coniugi Flores scesero nell'atrio, trovarono il Maestro seduto in poltrona col solito fazzoletto profumato a proteggergli il naso. Il capitano si sorprese di non averlo notato la sera precedente, durante la traversata nella nebbia.

– Mi scusi, professore, ma ieri mentre gentilmente ci guidava al vaporetto, e poi durante il viaggio sullo stesso, e dopo ancora quando camminavamo tastando i muri verso l'albergo, lei non teneva il fazzoletto premuto sul naso. Poteva forse fare a meno di quella precauzione?

– Caro Flores, la nebbia ha molti difetti, molti aspetti negativi. E noi ne abbiamo provato qualcuno. Ma ha anche un pregio meraviglioso, soprattutto quando è spessa e umida come quella di ieri sera: abbatte tutti gli odori, buoni e cattivi, piacevoli e spiacevoli. E quindi anche quello dell'aglio. Li spiaccica per terra, li affoga nell'acqua dei canali, nelle pozzanghere, li impasta col fango delle strade. Ecco perché mi piace la nebbia. Ecco perché mi piace Venezia.

– Ma oggi non c'è, – disse il capitano Flores.

– Infatti, – borbottò il semiologo divincolandosi faticosamente dalla poltrona. – Con quest'aria limpida sarà una giornata tremenda.

Uscirono in direzione del Canal Grande avviandosi verso il ponte dell'Accademia; giunto alla sommità del ponte, Florindo Flores si fermò e si voltò indietro con lo sguardo fisso, incantato.

– Che cosa guarda? – gli chiese il semiologo piuttosto irritato.

– Là, quella chiesa che sembra sorgere dal sole.

C'era infatti ancora uno strato basso di nebbia sul Canale, che andava diradandosi all'avanzare del calore, trasformandosi in un tenue velame, da cui emergevano le statue e le volute di marmo con cui Baldassarre Longhena aveva ornato la facciata della Chiesa della Salute. Sembrava fosse il sole stesso a crearla dalla nebbia e Florindo Flores, sordo ai richiami del Maestro, non si mosse dalla sommità del ponte finché tutta la facciata della chiesa non gli apparve nitidamente. Allora si mosse a malincuore e, camminando con la faccia voltata all'indietro, andò a sbattere contro qualcuno che saliva dalla parte opposta e che lo apostrofò sgarbatamente in quella lingua strana. Finora Florindo Flores aveva imparato a distinguere solo la parola «ocio», e ora poté aggiungere l'espressione «fiol d'un can» al suo vocabolario.

– È una delle poche chiese d'autore di Venezia, – si sentí in dovere di spiegare il Maestro, – barocca. Di un certo Longhena. Non si stupisca: la città è piena di chiese, tanto che alcune sono sconsacrate e chiuse. Vedrà San Marco, con le cupole d'oro. Là sí che avrà motivo di stupirsi –. Sempre col fazzoletto sul naso, il Maestro si avviò per campo Sant'Angelo, reso frizzante da una fresca brezzolina. Fu proprio quella brezza a distrarre il capitano Flores dall'immagine che gli era rimasta impressa nella mente e nel cuore, avvertendolo del benefico effetto del venticello che non permetteva il ristagnare di alcun odore:

– Professore, può tranquillamente togliersi il fazzoletto dal naso. Non c'è nessun odore qui intorno, e tantomeno d'aglio.

– Questo lo dice lei. Io sento puzza d'aglio.

Il capitano Flores si strinse nelle spalle e non disse nulla. Cominciava a pentirsi di aver accettato quell'incarico. Non aveva nessuna idea su come avrebbe potuto svolgerlo. Un conto è guardare le spalle di un personaggio importante perché nessuno lo aggredisca. Tutt'altra cosa è proteggerlo dalla puzza d'aglio, soprattutto quando non c'è.

– C'è, c'è, – bofonchiava il Maestro nel suo fazzoletto alla violetta di Parma. – C'è, e molto forte.

– Scusi, professore, che profumo ha messo nel suo fazzoletto questa mattina? – chiese Florindo Flores, che sentiva arrivargli attraverso l'aria tersa e frizzante zaffate dolciastre, e leggermente nauseanti.

– Violetta di Parma, – rispose l'interrogato. – Uso sempre violetta di Parma perché è il mio preferito. E poi a casa ne ho un bottiglione ancor quasi pieno.

– Ma è sicuro che non sia quel profumo a darle l'impressione dell'aglio? – chiese Florindo Flores che non amava la violetta di Parma.

Il Maestro si fermò di botto e squadrò l'interlocutore con severità:

– Capitano Flores, come crede che io possa confondere il profumo della violetta di Parma con la puzza dell'aglio?

Non disse altro, e riprese ad attraversare il campo a grandi passi, senza rendersi conto che la signora Flores faticava a tenergli dietro.

# 6.

# Vane ricerche

Dopo aver svoltato e risvoltato per calli e callette, campi e campielli, il Maestro si fermò davanti a un ristorante dall'aspetto eccellente:

– Mi è venuta fame e penso che anche voi abbiate appetito. Capitano, ora svolga il suo compito.

– Che cosa devo fare? – chiese l'interpellato, contento di sapere finalmente con quale incombenza l'illustre semiologo l'aveva assunto.

– Entri, annusi, chieda che cosa stanno cuocendo, si faccia dare il menu, esplori, se può, la cucina, ma soprattutto fiuti l'aria. E poi venga a riferirmi.

Il capitano Flores si mise il berretto dell'uniforme ed entrò nel ristorante. Fece diligentemente tutto quanto gli era stato chiesto: fiutò l'aria, si fece dare il menu del giorno, domandò ai camerieri che cosa si stesse preparando, e infine chiese di vedere la cucina. A quella domanda il personale tacque come paralizzato. Fu mandato a chiamare il direttore del ristorante il quale giunse affannatissimo: temeva un'ispezione dell'ufficio d'igiene, o peggio della finanza. Si calmò un poco vedendo il berretto della polizia. Il capitano lo prese in disparte e gli sussurrò all'orecchio il vero scopo del sopralluogo:

– Un caso molto particolare, molto strano, – disse Florindo Flores. – Per me inaudito.

– Anche per me, – rispose il direttore. – E data la circostanza, le consiglierei di non entrare neanche nella cucina: il menu che lei ha in mano prevede baccalà alla vicentina e triglie alla livornese. Lei uscirebbe dalla cucina con gli abiti impregnati dall'odore dell'aglio.

Il capitano Flores ringraziò, salutò, e uscí dal ristorante sventolando il foglio del menu.

– Niente da fare, – gridò al Maestro che si era tenuto a prudente distanza, e gli mostrò il menu.

– Per la miseria! Ma sono impazziti i ristoratori veneziani? Cucinare questi cibi! – Poi, facendo scorrere il naso lungo la giacca del capitano, gli disse severamente:

– I suoi abiti puzzano d'aglio, lo sa?

– Eppure nella cucina non sono entrato. Sono rimasto sulla porta, che era aperta, e non c'era nessun odore d'aglio.

– C'era, c'era, – brontolò il Maestro allontanandosi di qualche passo. – Andiamo a perlustrare un altro ristorante: ce n'è uno molto buono in fondo a questa calle.

Non fu neppure necessario avvicinarsi, perché già dal fondo della calletta si poteva percepire l'acuto profumo dei polpetti affogati in salsa di pomodoro e aglio. I tre si guardarono smarriti: li colse, improvvisa, la visione di una lenta morte per fame.

## 7.
## Il «Báccaro»

Li salvò, in modo del tutto imprevisto e casuale, un vecchio báccaro fumoso: in quella puzza atavica rinvigorita ogni giorno dai vapori del vino e del fumo dei toscani, avrebbe anche potuto esserci odore d'aglio, ma, secondo la teoria del Maestro, sarebbe stato abbattuto dal peso di quell'aria greve e stantia, spiaccicato sul pavimento unto e appiccicoso. La signora Ermina si sentí svenire e si accasciò sulla prima sedia che le capitò a tiro. I due uomini si avvicinarono al banco, dove erano esposti i cibi offerti dall'osteria.

– I báccari veneziani, – sentenziò il Maestro, – offrono piccole cose appetitose –. E indicava intanto la parata di frittata di cipolle, gamberi fritti, crocchette di patate ancora calde e altre cose del genere. – Bisogna soltanto resistere al tanfo di sigaro e vino, nonché a una sospetta mancanza di igiene.

– Mica tanto «sospetta»... – disse Florindo Flores guardandosi attorno per cercare un posto abbastanza pulito dove posare il berretto dell'uniforme. Non avendolo trovato, se lo rimise in testa.

– Prendiamo tre piatti puliti, – diceva intanto il semiologo, – e scegliamo tra questi cicchetti. Prima di tutto serviamo la signora Erminia.

– Chiedo scusa, Ermina: senza la seconda «i», – corresse il capitano. – Veramente si chiamerebbe Matilde...

– Ermina? Che strano: ho conosciuto molte Erminie nella mia vita, ma è la prima volta che conosco una Ermina. Bel nome però. Che cosa piacerà alla signora Ermina? Sicuramente qualche crocchetta di patate, due gamberetti fritti e una fettina di frittata di cipolle. Tanto per cominciare –. E cavallerescamente portò il piatto davanti alla signora Ermina, che sedeva distrutta dalla stanchezza in un angolo del lungo tavolo, l'unico, tra il fumo di alcuni toscani, intesi come sigari. La poverina ringraziò con un debole sorriso, non potendo parlare per effetto del fumo. I due uomini si fecero un po' di spazio accanto a lei, e si sedettero a loro volta.

– Bianco o rosso? – La domanda proveniva da un omaccione con due braccia enormi, nude e pelose. Evidentemente era l'oste.

– Bianco, – ordinò il Maestro senza interpellare i suoi commensali. Poi, a titolo di spiegazione, disse: – Di mattino bianco, di sera rosso. È un'antica regola della medicina salernitana.

Giunse un fiaschetto di bianco, che a detta dei due uomini non era niente male. La signora Ermina, quale donna costumata, si bagnò appena le labbra, e chiese dell'acqua provocando nell'oste un'occhiata di disprezzo.

In quel momento si fece largo, tra i miasmi incancreniti di cipolle fritte, sarde in saôr e altro, un profumo nuovo, inqualificabile, raro, che accese una luce strana negli occhi del semiologo, una luce di desiderio tanto ardente quanto insolita. Tirò fuori al massimo il volume del suo vocione, e gridò:

– Moeche? Sele moeche, sior paron?

I suoi commensali lo guardarono allibiti. Non avevano mai sentito chiamare cosí qualcuno e in dialetto veneziano per giunta. Si accorse del loro stupore, il Maestro, e spiegò benignamente:

– Questa gente qui, se non la interroghi nella sua lingua, non si degna nemmeno di risponderti, e le moeche finiscono tutte nei piatti degli altri.

Infatti, appena l'oste era entrato col piatto fumante in mano, dagli avventori, quasi tutti gondolieri, spazzini e vagabondi, intenti a bere un mezzo litro e giocare a carte, era salito un gran vociare, da cui emergeva la parola «moeche» come fosse magica.

L'oste, tenendo alto il vassoio in modo che nessuno arrivasse a metterci le mani dentro, e ripetendo «speté, speté, ghe n'è per tuti», si avvicinò ai tre forestieri, e offrendo loro la vista del piatto:

– Ne voleu? Le s'è propio moeche –. E li serví con una tale abbondanza da vuotare completamente il vassoio. Da quelle specie di polpette informi emanava un profumo particolare, che richiamava il gambero fritto e la rana in pastella, indefinibile. Gli occhi del Maestro ridevano di piacere mentre, sollevato il piatto a livello del naso, aspirava voluttuosamente.

– Che cosa sono, professore? – chiese Florindo Flores piuttosto perplesso.

– Granchiolini di mare, anzi di scoglio. È la stagione degli amori, e il loro guscio diventa cosí sottile, come chele e zampe, che si possono impanare e friggere e mangiare senza sentire nessuna delle parti ossee.

Durante la spiegazione aveva tirato su dal piatto uno di quegli esserini informi, e ora lo mangiava chiudendo gli occhi per esaltare il piacere del momento. Florindo Flores lo imitò, e dovette concordare: erano una squisitezza.

– Mangia Ermina, sono buonissimi, – disse rivolto alla moglie. La quale allungò una mano esitante verso il piatto, prese con due dita una di quelle cose e la portò alla bocca. La trovò buona, tuttavia non si oppose quando il marito, vuotato rapidamente il proprio piatto, cominciò a pescare nel suo. Il semiologo frattanto, che aveva finito la sua porzione a velocità incredibile, faceva grandi cenni per richiamare l'attenzione dell'oste e agitava nell'aria, tenendolo per il collo, il fiasco vuoto. Era un vecchio trucco. Quando l'oste gli fu vicino e ritirò il vuoto per sostituirlo con uno pieno, gli sussurrò:

– Non ce ne porterebbe un altro vassoio?

– E quei là? – chiese l'oste indicando gli altri avventori, che tenevano d'occhio i forestieri con sguardi minacciosi.

– Ma noi siamo forestieri. Chissà quando torneremo a Venezia. Lori i s'è sempre qui. Glielo dica.

– Proverò, – disse l'oste poco convinto. – Ma i dovrà contentarse de sarde in saôr, perché di moeche ghe ne s'è un altro giro e basta –. Proprio in quel momento si materializzò dalla cucina il vassoio fumante, sorretto da due robuste braccia femminili, e fu subito sequestrato dall'oste, che si diresse verso i forestieri gridando a gran voce:

– I s'è foresti, poareti, no i g'ha mai magnà moeche, aveu un po' de compasion! – Poi sormontando con il suo vocione gli schiamazzi degli altri e mentendo spudoratamente: – Le prosime le s'è tute vostre.

I tre forestieri si affrettarono a vuotare i loro piatti, pagare e uscire dall'osteria inseguiti dai mormorii poco rassicuranti di quelli che aspettavano le moeche e avrebbero dovuto accontentarsi di sarde in saôr.

Erano già avviati per la calletta quando udirono provenire dal báccaro urla furibonde, probabilmente minacce per loro indecifrabili: voltandosi, videro l'enorme oste, a gambe divaricate e braccia aperte, bloccare col corpo l'ingresso dell'osteria. Mentre cercava di impedire a quelli di dentro, di cui apparivano solo le facce, paonazze di rabbia, di uscire nella calletta e inseguire «quei tre maledeti fioi d'un can», l'oste rideva a bocca spalancata mentre gridava ai fuggitivi:

– Andé, andé tranquili, ma un po' sveltini. A questi ghe bado mi.

I tre non se lo fecero ripetere due volte e allungarono il passo svoltando e scomparendo alla vista appena possibile.

– Devono essere arrivate le sarde in saôr, – commentò il Maestro ridacchiando non appena ebbe ripreso fiato.

## 8.

## L'ascensore di Ca' Foscari

L'indomani mattina accompagnarono alla stazione la signora Ermina, che diceva di voler tornare a casa per badare ai figli: in realtà si era stancata troppo di quel continuo camminare e svoltare per calli e callette, ponti e ponticelli. Le avevano fatto vedere dal di fuori la basilica di San Marco e il Palazzo Ducale, e questo le bastava. Usciti dalla stazione, i due uomini si diressero verso Ca' Foscari, dove il Maestro avrebbe nella tarda mattinata dato inizio al ciclo di lezioni sul tema «La semiotica e le sue possibili applicazioni subacquee al fine di salvare Venezia dallo sprofondamento».

L'aria si manteneva tersa, percorsa da un venticello leggero, e il semiologo era costretto a tenere ben premuto sul naso il suo famoso fazzoletto impregnato di profumo di violetta, per sopravvivere, come diceva lui, alla puzza d'aglio che aleggiava nell'aria e che lui solo sentiva. A volte capitava di attraversare un rio molto stretto, e dall'acqua bassa di quei giorni salivano effluvi mefitici di fango e rifiuti vari, alcuni dei quali affioravano persino. Allora il professore si fermava in cima al ponticello e, toltosi il fazzoletto dal naso, respirava a pieni polmoni con una voluttà che gli si dipingeva in viso. Perché, a suo dire, se anche c'era puzza d'aglio, veniva sopraffatta e schiacciata dagli altri odori. Era Florindo Flores che a quel punto doveva tirare fuori di tasca il suo fazzoletto senza profumo e premerselo sul naso. Come d'altra parte facevano tutti, tranne quelli che il fazzoletto non ce l'avevano.

Giunsero cosí a Ca' Foscari, dove furono accolti dai colleghi del Maestro, schierati secondo il rango, preside in testa, il Rettore sarebbe venuto poi, mentre a Florindo Flores furono riservati sguardi interrogativi. L'ospite illustre credette di doverlo presentare come sua «guardia del corpo», il che era anche vero, essendo il naso una parte del corpo e una parte non trascurabile. Attraversarono il cortile ammirando la bella scala esterna già rivestita dal rosso-brillante della vite vergine, la facciata interna con i suoi finestroni ogivali e tutto quello che c'era da vedere. A questo punto i colleghi si accorsero del fazzoletto e cominciarono a far congetture, dal banale raffreddore alle conseguenze di una rissa, o al classico pugno sul naso di un collega invidioso. L'aggressione di un collega fu l'ipotesi piú accreditata, anche perché spiegava la presenza di una guardia del corpo, con tanto di berretto dell'uniforme.

Il capo bidello intanto si affrettava ad aprire la porta dell'ascensore, che di solito era chiusa a chiave e non veniva aperta che per il preside della Facoltà, il Rettore e gli invalidi sulla sedia a rotelle. L'illustre ospite ringraziò, entrò nell'ascensore che gli era stato gentilmente aperto e tosto fece una smorfia di disgusto. Questa volta la puzza d'aglio era reale; infatti tutti si voltarono a guardare sogghignando un signore dal viso roseo e paffuto e dal marcato accento piemontese, che si sapeva esser solito mangiare bagna cauda la domenica sera, contravvenendo alle piú elementari regole del saper vivere: tutti sanno infatti che la bagna cauda si mangia il sabato sera, e si smaltisce la domenica passeggiando in luoghi deserti, o comunque privi di presenze umane.

Il Maestro fu preso da una forte vertigine, malgrado si premesse spasmodicamente sul naso la violetta di Parma. Dovettero sorreggerlo in quattro perché non cadesse. Siccome, eccezion fatta per il capitano Flores, nessuno conosceva la natura di questa allergia, tutti credettero a un improvviso malore e, nell'intento di lasciarlo respirare meglio, cercavano di togliergli il fazzoletto dal naso. Questo tentativo, per altro non riuscito, provocò nel Maestro una reazione violenta caratterizzata da grugniti e ruggiti tali che tutti ne furono atterriti. Florindo Flores gli fece scudo col suo corpo, si fa per dire, perché era la metà del semiologo. Ma bene o male riuscirono tutti insieme a introdurlo nell'Aula Magna, adagiarlo nella sua poltrona e lasciare che si riprendesse. Seguí una lunga pausa di silenzio, durante il quale il pubblico ebbe l'opportunità di ammirare le splendide vetrate ad archi ogivali che davano sul Canal Grande.

## 9.

## La conferenza del Maestro

Il Maestro era piú morto che vivo, quando riuscí a prendere posto al centro del tavolo dei conferenzieri, tra il preside della Facoltà e il Rettore, che cercava di rianimarlo facendogli aria con un ventaglio giapponese spuntato chissà da dove. Il conferenziere chiese dell'acqua, prontamente versatagli in un bicchiere da una brocca di cristallo che stava sul tavolo, e infine disse con un filo di voce:

– Vi prego di lasciarmi qualche minuto perché possa riprendermi –. E si lasciò andare pesantemente sullo schienale della poltrona con gli occhi chiusi. Il pubblico, che non sapeva nulla dell'incidente in ascensore, si domandava incuriosito cosa fosse accaduto; frattanto il semiologo, avendo scorto in piedi accanto al tavolo il capitano Flores, gli disse severamente:

– Ora vada pure a sedersi tra il pubblico, ma un'altra volta che si entra in un ascensore o in qualsiasi luogo chiuso e ristretto, faccia meglio il suo dovere: annusi tutti i presenti e non abbia riguardo a metter loro il naso nella bocca.

Il capitano Flores obbedí in silenzio e, profondamente avvilito dal rimprovero del professore, cercò di farsi piccino piccino mescolandosi alla folla anonima.

E attese che la conferenza del Maestro gli scivolasse, leggera, sulla testa. Si accorse che tutto era finito quando la voce dell'oratore si spense tra gli scrosci degli applausi e la folla cominciò a defluire dalla sala, tutti alquanto delusi di aver udito quasi unicamente una specie di bofonchiamento, tanto la voce dell'oratore era coperta dal fazzoletto premuto sul naso. Le autorità accademiche invitarono a pranzo, in un lussuoso locale del Canal Grande, il loro ospite; ma il Maestro, cercando con gli occhi il capitano Flores, ricusò il piú gentilmente possibile accusando un gran malessere, forse un'influenza, certamente un terribile raffreddore. Preferiva andarsene subito in albergo e mettersi a letto in compagnia di una camomilla calda. Si sarebbero rivisti la mattina seguente per la seconda lezione del ciclo e promise che allora, se la sua salute glielo avesse permesso, sarebbe andato a pranzo con i colleghi.

Mentre autorità e accademici di Ca' Foscari si chiedevano bisbigliando di che malattia soffrisse, il Maestro si allontanò il piú velocemente possibile insieme alla sua guardia del corpo, un capitano Flores piuttosto preoccupato del se, e dove, avrebbero pranzato.

– È stato terribile, – disse il semiologo appena furono sufficientemente lontani, – doversi intrattenere in convenevoli in mezzo a quell'orrenda puzza d'aglio... Scommetto che era quello coi capelli rossi: sarà un piemontese! Quel tipo di puzza non può venire mica da uno che abbia mangiato ieri qualche piatto contenente aglio, no no, e siccome non posso nemmeno immaginare che qualcuno mangi aglio a colazione, col cappuccino o il caffè, quella puzza può venire solo da uno sciagurato che abbia mangiato bagna cauda! Sciagurato, perché si è permesso di mangiarla non alla vigilia di un giorno festivo, come vorrebbe la buona creanza, ma alla vigilia di un giorno lavorativo, e di una mia conferenza!

Questa risultava essere, nel discorso del Maestro, la colpa piú grave, assolutamente imperdonabile.

Intanto, sbucando da una oscura calletta delle Zattere sul canale della Giudecca, arrivarono su quelle ampie fondamenta che i veneziani chiamano, appunto, Zattere, e furono investiti da un'esplosione di luce: il tramonto ormai prossimo inondava i marciapiedi e i bellissimi palazzi che costeggiano il canale dalla parte della città. E l'acqua stessa veniva trasformata dai raggi di sole in un'unica, splendente, striscia di luce.

Benché si fosse già alla fine di ottobre, le lastre delle fondamenta e le pareti delle case venivano ancora scaldate dal calore del giorno, e alcuni piccoli locali avevano tenuto i tavolini all'aperto.

– Qui, – disse il Maestro, – possiamo sederci a mangiare qualcosa. Capitano, vada dentro e annusi accuratamente che non ci sia odore di aglio. Qui all'aperto quel poco che c'è si disperde nell'aria.

Florindo Flores obbedí prontamente: entrò, annusò a destra e sinistra, per maggior sicurezza chiese se stessero cucinando qualche piatto a base di aglio. I due giovanotti gestori del locale, che stavano spolverando le bottiglie, lo guardarono sbalorditi: in cottura non c'era assolutamente niente, considerato che erano le tre del pomeriggio. Il capitano Flores a quella precisazione si allarmò: era vero che il suo stomaco stava protestando già da qualche tempo, ma aveva attribuito il fenomeno alla conferenza del semiologo.

– Allora non potete darci niente da mangiare? – chiese con voce concitata.

– Panini imbottiti, se volete, o una pizza se avete voglia di aspettare.

Uscí di corsa, informò il Maestro della situazione, e rientrò immediatamente con le ordinazioni: quattro panini imbottiti per ingannare l'attesa, e due pizze appena fossero pronte.

– Imbottiti come? – chiese uno dei due giovanotti.

– Fate voi, purché i panini arrivino subito, – disse il capitano. Arrivarono, dopo non molto, quattro panini tondi e morbidi: due con prosciutto e due con burro e acciughe. Assai invitanti.

– Salo sior, – disse il giovanotto che li aveva serviti e che si sforzava di parlare italiano. – Fino a ieri g'avevamo anche la sopresa, ma la s'è finía.

– Cosa? La soppressa? Quella di Conegliano o quei posti lí? Meno male che è finita! Puzza d'aglio a distanza, e ne è piena! – gridò il Maestro.

Il giovanotto lo guardò sbigottito, senza riuscire a spiegarsi quella reazione cosí violenta, né il fatto che improvvisamente il signore grosso avesse tirato fuori di tasca un fazzoletto profumato e se lo stesse schiacciando sul naso. Si strinse nelle spalle e rientrò nel locale borbottando:

– La soppressa di Conegliano? Ma se la s'è cosí bona! Altro che prosciutto!

Florindo Flores non conosceva la soppressa di Conegliano e se ne stette zitto; tanto piú che era occupato a masticare voracemente il panino al prosciutto e lo trovava eccellente. Il Maestro ordinò una bottiglia di pinot grigio per innaffiare quello strano pasto.

Il tepore degli ultimi raggi si diffondeva nell'aria scaldando loro le spalle e quando giunsero le pizze il sole stava già tramontando dietro la massiccia mole dei mulini.

– Questa sera dobbiamo cercare un buon ristorante, capitano, sempre col solito sistema: lei mi precede in avanscoperta, annusa e mi riferisce.

Florindo Flores poté solo annuire, avendo la bocca piena di pizza bollente. E pensava tra sé: guarda un po' questo individuo, che non so nemmeno chi sia. Prima mi perseguita con i suoi cadaveri clonati, poi con la presenza di quel presunto killer, Faccia di Legno, che non si è mai capito bene. E ora mi assume come guardia del corpo e in pratica mi fa fare il cane da fiuto. Che sia il mio destino?

– Guardi là, il sole che tramonta dietro quei vecchi mulini! Non è uno spettacolo indimenticabile?

Con queste parole il semiologo interruppe il corso dei pensieri di Florindo Flores. Finirono le pizze e si avviarono lungo le Zattere, su cui le ombre si facevano sempre piú lunghe e sbiadite.

## 10.
## Seconda conferenza del Maestro

Il giorno seguente studenti e docenti di Ca' Foscari assistettero a uno strano rito: un ufficiale di polizia, come tale almeno lo denunciava il berretto, piazzato sulla porta dell'Aula Magna, ficcava il naso nella bocca spalancata di chiunque volesse entrare ad ascoltare l'illustre semiologo venuto da fuori. Quasi tutti, superato l'esame dell'alito, vennero ammessi alla conferenza, pochi vennero allontanati con un cenno del capo. Il Maestro, a una certa distanza, controllava che gli esclusi non tentassero di entrare da qualche altro ingresso. C'era in effetti una seconda porta in fondo alla sala, ma era stata preventivamente chiusa, e le finestre, oltre a essere troppo alte, davano direttamente sul Canale.

Anche i docenti, pronti a fare il loro ingresso in gruppo per ultimi, come vuole la consuetudine, furono sottoposti alla prova. Tutti la superarono felicemente e furono fatti entrare. Il piemontese dai capelli rossi non c'era. Per ultimo entrò il Maestro. Il poliziotto chiuse la porta alle sue spalle e vi si piazzò davanti con l'evidente intenzione di fermare i ritardatari. Che non ci furono, dato l'enorme ritardo provocato dall'esame dell'alito.

Tra lo sbigottimento generale, il semiologo liberò il naso dal fazzoletto e incominciò a parlare in modo chiaro e intellegibile. La mattina precedente invece, l'aveva tenuto tutto il tempo premuto sul viso, e non si era udito altro che un bofonchiamento, di cui nessuno aveva potuto capire nulla, anche se comunque tutti avevano applaudito, perché cosí vuole la consuetudine, soprattutto quando non si sa cosa si applaude. Ma il fazzoletto alla violetta non era scomparso: il Maestro lo tirò fuori alla fine della conferenza, quando i colleghi e gli ammiratori si assieparono davanti al tavolo delle autorità per congratularsi e fare domande. – Deve proprio avere un gran raffreddore, – sussurrò qualcuno al vicino, – e probabilmente teme di contagiare gli altri.

– Forse. Però, come si spiega lo strano rito messo in opera dal poliziotto, quello che ha presentato come sua guardia del corpo? Che te ne pare?

– È vero, c'è qualcosa di strano in tutto il suo comportamento. E poi ieri ha rifiutato di venire al banchetto organizzato in suo onore. Il Rettore si è offeso parecchio... Vediamo che cosa succede oggi.

Il Maestro infatti, mentre stringeva mani e ringraziava chi era andato a complimentarsi con lui, in realtà stava cercando un modo qualsiasi per svignarsela e non partecipare al pranzo che gli sarebbe stato offerto. Ma le mani erano finite, la sala era già vuota, e lui non aveva escogitato niente.

Quando si accorse che ormai stava ringraziando un pubblico inesistente, si rivolse al capitano:

– Caro Flores, ho paura che oggi nessuno mi salverà dal banchetto ufficiale. Forse sarò costretto a confessare questa mia menomazione –. E intanto scuoteva malinconicamente il capo, tanto che il capitano si sentí in dovere di rincuorarlo:

– Ma professore! Non è una menomazione! Avere un fiuto piú raffinato del normale è un pregio.

– Eh... caro Flores, – si avvicinavano al gruppo dei docenti che stavano chiacchierando, e che al loro arrivo smisero tutti di parlare, – vede? stavano già commentando il mio comportamento. Coraggio, affrontiamoli! – E si uní al gruppo.

– Voglio sperare, – disse il preside della Facoltà, – che oggi non ricuserà il nostro invito –. Al semiologo parve di scorgere un sorriso maligno.

– No, certamente. Anzi, vi prego di scusarmi per la mia fuga di ieri. In effetti mi sentivo molto male, – mentí il semiologo, mentre tirava fuori il fazzoletto alla violetta e se lo premeva sul naso. – Come vedete questo attacco non mi è ancora passato del tutto, ma oggi è piú leggero.

– Raffreddore? – chiese premurosamente il preside.

– No no. Sicuramente non raffreddore, ma non so cosa sia.

– Asma, forse? – chiese un altro.

– Non so, – rispose secco il semiologo per frenare quel flusso di ipotesi. – Se mai ne parleremo con calma piú tardi –. Ormai si era reso conto che non avrebbe piú potuto celare ai colleghi il suo problema.

Il gruppo stava scendendo nel cortile di Ca' Foscari, verso il Canal Grande, e si fermò davanti a un lussuoso ristorante. Erano giorni di acqua bassa e i miasmi che salivano dal Canale e dai rii confluenti pungevano in modo molto fastidioso il naso di tutti. Tranne quello del semiologo, che rimise il fazzoletto in tasca e respirò a pieni polmoni. Tutti lo guardarono esterrefatti, ed estrassero i loro fazzoletti.

Intanto il capitano Flores, ligio agli ordini ricevuti, era entrato nel ristorante per l'ispezione olfattiva. Fiutò a destra, fiutò a sinistra, come gli aveva insegnato il suo datore di lavoro, chiese la lista delle vivande e si avviò verso la cucina. Socchiuse prudentemente la porta e annusò attraverso la fessura, per evitare che, qualora vi fosse stato dell'aglio, impregnasse dell'abominato odore i suoi abiti. Non avendo rilevato nulla di olfattivamente sospetto, entrò con decisione nella cucina, scoperchiò i tegami e, sotto gli occhi allibiti dei cuochi, ma protetto dal berretto della divisa, ci ficcò dentro il naso, poi lo ritrasse con evidente soddisfazione, e uscí a fare la sua relazione al Maestro.

– Tutto a posto, – gridò dalla soglia del ristorante. – Nessun odore sospetto, anzi... – E stava per dire che aveva annusato profumini deliziosi, ma si trattenne per non far capire che aveva fame.

– Allora possiamo entrare, – sentenziò il Maestro, rimettendosi per precauzione il fazzoletto sul naso.

Una lunga tavola con parecchi coperti era già pronta per loro, la stessa del giorno prima. Il Maestro fu fatto sedere a capotavola, proprio il posto che avrebbe occupato il giorno precedente, se non fosse scappato cosí in fretta.

Venne servito l'antipasto piú raffinato della gastronomia veneziana, la granseola: polpa di grosso granchio, estratta dal guscio dell'animale gettato vivo nell'acqua bollente, e condita con olio e limone nel guscio stesso della povera bestia. Un'autentica delizia che solo al suo apparire in tavola spande un profumo delicato, incerto tra lo scampo e il gambero. Profumo che quel giorno, però, fu malamente inquinato da un penetrante odore di violetta di Parma: per l'occasione di quel pranzo il semiologo ne aveva versata sul fazzoletto una dose doppia. Molto presto, tuttavia, dovette accorgersi del fastidio che provocava nei colleghi, da molti dei quali provenivano inequivocabili sguardi di disapprovazione. Allora capí che non poteva piú evitare di rivelare agli altri il suo segreto tormento.

11.

## La confessione

La confessione del Maestro commosse tutti i commensali, che tra l'altro potevano vedere quanti sforzi gli costasse parlare e mangiare con quel fazzoletto schiacciato sul naso. Ogni commensale si lanciò quindi a proporre una diversa cura. Era mai possibile che un problema del genere non potesse essere risolto?

Tra le molte proposte, piú o meno stravaganti, una delle piú accettabili fu che il malato si recasse da una fattucchiera: se infatti il disturbo da cui era afflitto fosse stato opera di magia, solo una fattucchiera avrebbe potuto guarirlo.

– Una fattucchiera? – chiese il Maestro, terrorizzato: già si vedeva nelle mani di una vecchia strega che gli porgeva un filtro di sangue di rospo, mentre neri pipistrelli gli volteggiavano sul capo e una civetta lo guardava con occhi perfidi.

Il collega che aveva fatto la proposta si accorse della paura del Maestro, e volle rassicurarlo:

– Guardi che le fattucchiere del nostro tempo non sono piú come le streghe delle fiabe che si raccontavano ai bambini: sono normali signore, spesso molto carine, che hanno una percettività superiore al normale. Tutto lí. Grazie a questa loro capacità, sono in grado di affrontare problemi che la scienza non sa risolvere.

L'immagine precedente della fattucchiera si andava lentamente sbiadendo agli occhi del semiologo.

– E la palla di vetro? – chiese per vedere a che punto di modernizzazione era arrivata la magia.

– Quella è cosa sorpassata, e non da ieri, – rispose il collega.

Il semiologo tacque. Intanto il pranzo procedeva tra squisitezze tipiche del Veneto: arrivarono i piccioni allo spiedo, avvolti in fette di lardo croccante legate da un rametto di rosmarino. Emanavano un profumo tale da spingere il semiologo a seppellire il fazzoletto alla violetta in tasca per il resto del pranzo. Tutti i commensali tirarono un sospiro di sollievo e respirarono a pieni polmoni i profumi delle vivande.

– Ci sarebbe un'altra possibilità, – disse un anziano professore cosí piccolo che il semiologo non l'aveva neppure notato. Si sporgeva dall'altro capo del tavolo, dov'era il suo posto: – Permetta, Maestro, Angelo Pocapaglia, docente di antichità semitiche. Come Le dicevo, potrebbe anche trattarsi di cosa di tutt'altro genere, dove la magia non c'entra per niente. Qualcosa di misterioso che talvolta avviene nel nostro corpo. Forse Lei ha contratto questa allergia all'aglio per eccesso di aglio. Ebbene la medicina omeopatica, che ha antiche origini orientali e fu molto apprezzata alla Scuola di Salerno, che Lei certamente conosce, suggerisce per il Suo caso una cura proprio a base di aglio, da prendersi in dosi minime, in base al principio per cui ogni male si cura con la sostanza che l'ha provocato.

A quelle parole il semiologo inorridí: mangiare aglio! Rosicchiare a colazione uno spicchio d'aglio! Il semiologo fu per svenire.

– Professore, questa cura mi farebbe certamente morire!!! – esclamò tutto agitato. – Non riesco a immaginare nulla di peggio.

Il professor Pocapaglia scosse la testa sorridendo:

– Non si tratterebbe di mangiarlo al naturale, ma di assumerlo in piccole capsule contenenti una certa dose di polvere d'aglio. Dose che va diminuendo giorno per giorno, fino a ridursi a zero. Alla fine della cura anche l'allergia si ridurrebbe a livello zero.

– Veramente? – chiese incredulo il semiologo. Tra le due proposte non sapeva quale preferire.

L'idea di mangiare aglio destò in lui una crisi immediata, che lo costrinse a tirar di nuovo fuori il fazzoletto. Però anche l'idea di ritrovarsi nelle mani di una fattucchiera... D'altra parte non poteva passare il resto dei suoi giorni legato a filo doppio con il capitano Flores, senza contare che, a parte la spesa, la presenza della guardia del corpo non lo liberava completamente dalla puzza d'aglio. E se, per esempio, gli fosse capitata l'occasione di una cenetta intima con una bella signora?

Fu questo il pensiero che lo decise a risolvere a fondo il problema. Era ormai evidente che il capitano Flores poteva al massimo evitargli qualche inconveniente come quello dell'ascensore di Ca' Foscari, ma non risolveva il problema definitivamente...

Decise quindi di accettare ciò che gli porgevano i colleghi autori delle proposte, li ringraziò, e si mise in tasca i due biglietti da visita.

12.

## I dubbi del Maestro

Sedevano al tavolino di un caffè alle Zattere, davanti a una saracinesca chiusa, per godersi gli ultimi raggi del sole al tramonto. Lo spettacolo riempiva il poliziotto di struggente attesa, e quanto piú era bello, tanto piú lo faceva soffrire, anche perché, ricordandogli che era autunno, gli faceva venire in mente il suo orticello di Sassari, che in quel momento avrebbe avuto bisogno delle sue cure per prepararsi all'inverno. Turbinosi erano i pensieri del Maestro: guardava il tramonto, ma non lo vedeva. La sua mente era occupata da un unico, grandissimo dubbio: la fattucchiera o l'omeopata?

Si rivolse al capitano, impegnato in quel momento in una riflessione su tutt'altro argomento: aveva notato infatti che a Venezia il sole tramontava quasi un'ora prima che a Torino e a Sassari, e si rendeva conto di esserne infastidito. A lui piacevano i pomeriggi lunghi; che qui la mattina cominciasse prima non gli importava per niente, perché lui, normalmente, la mattina lavorava. Era verso sera che, qualsiasi faccenda avesse per le mani, interrompeva tutto e si dedicava alla contemplazione del cielo, anche col brutto tempo. Strappato bruscamente ai suoi pensieri, il capitano Flores rispose alla domanda del Maestro con un: – Eh? che cos'ha detto?

– Ho detto, – rispose paziente il semiologo, – anzi le ho chiesto se ritiene piú affidabile la magia o l'omeopatia. Che cosa mi risponde?

Per parlare aveva dovuto scostare un pochino il fazzoletto dal naso, ma in quel momento... era passato forse uno studente con un panino alla soppressa di Conegliano dall'inconfondibile odore d'aglio? O forse in una cucina non abbastanza lontana cuocevano una zuppa di cozze al pomodoro, e naturalmente aglio? Le narici del Maestro furono stilettate a tradimento. Temette che un giorno o l'altro quel fetore gli riempisse i polmoni fino a giungergli al cuore e ucciderlo. Morire di puzza d'aglio! Che morte indecente! Forse qualcuno avrebbe anche potuto sorriderne. No. Assolutamente doveva guarire.

Tirò fuori di tasca i due biglietti che gli avevano dato i colleghi all'uscita del ristorante, e li esaminò attentamente. Uno diceva: «Madame Léonide. Sensitiva, parapsicologa. Risolve i problemi che i medici non hanno saputo risolvere». Era il suo caso. Tuttavia, per un razionalista come lui, andare da una fattucchiera... Continuò a leggere il cartoncino e a un certo punto fu colpito da una frase: «disfa qualsiasi fattura».

– Forse è il mio caso, – mormorò.

Florindo Flores, che stava seguendo con occhi rapiti il percorso del sole verso i vecchi mulini, richiamato alla realtà da quelle parole, chiese:

– Che ha detto, professore?

– Che forse la fattucchiera fa al caso mio. Vediamo che cosa dice l'altro biglietto –. Era molto laconico: «Dr. Prof. Curtius Dürrenapfel. Omeopata».

– Certo questo è molto piú rassicurante, – disse mostrando i due biglietti al capitano. – Ma se l'omeopatia consiste nell'ingerire una sia pur minima quantità della sostanza da cui ci si vuol liberare, io dovrei in ogni caso mangiare aglio. E la cosa mi ripugna.

Florindo Flores, che stava leggendo i due biglietti, fu attratto da quello della fattucchiera. Nella sua carriera di poliziotto non aveva mai avuto a che fare con ambienti simili, e se ne era incuriosito.

– Madame Léonide! – disse. – Che bel nome.

– Quei nomi sono tutti inventati, – sentenziò acidamente il professore.

– Tuttavia ritengo che sia meglio cominciare da madame Léonide, – disse il poliziotto. – Mal che vada non risolverà niente e lei, professore, non avrà la bocca piena di aglio.

Parlando con Florindo Flores il Maestro aveva allontanato un po' il fazzoletto dal naso, proprio mentre dietro una finestra aperta qualcuno lí vicino si stava preparando un piatto di spaghetti aglio e olio. Una zaffata gli ferí le narici a tradimento. Il Maestro fu sul punto di svenire e cadere con la fragile seggiolina di plastica nelle acque del canale.

Fu cosí che si decisero per la fattucchiera.

## 13.

## Dalla fattucchiera

– «Calle del Luganegher», – lesse il semiologo sul biglietto da visita. – Non è lontano da qui. Se ci muoviamo adesso facciamo in tempo a sbrigare la faccenda nel pomeriggio –. E pensava che prima si fosse liberato dal suo tormento, meglio sarebbe stato.

Si alzarono lasciando le Zattere nell'ultimo sole radente e s'inoltrarono in una buia calletta.

– Dobbiamo andare nella parte piú vecchia e suggestiva della città. Non la Venezia dei palazzi, ma quella della povera gente, – spiegava camminando il Maestro. – «Luganegher» infatti è chi faceva e fa tuttora le salsicce, ma non piú in una botteguccia o in mezzo a un campiello. Svoltiamo di qui, per questo sottoportico, ecco, vede laggiú quel ponticello? È il «Ponte delle Tette». Là, da quelle parti, devono esserci il campiello e la «Calle del Luganegher».

– Il «Ponte delle Tette»? – domandò incredulo il capitano Flores.

– Sí sí. Ha capito bene: proprio le tette delle donne. In quelle callette lí attorno una volta abitavano le prostitute veneziane, che di sera andavano a prendere il fresco sul ponte, mettendo in mostra quel che avevano da offrire. La Repubblica di Venezia era molto tollerante con le sue prostitute, purché fossero iscritte nell'albo e pagassero le tasse.

Erano arrivati sul ponte in questione, e Florindo Flores si guardava attorno con occhi curiosi per scoprire qualche traccia dell'antico mestiere.

– È inutile che guardi cosí, capitano. Questa è ormai una delle zone piú alla moda di Venezia. Sono rimasti solo i nomi; gli interni sono stati tutti restaurati e in alcuni ci abitano anche famiglie di un certo livello –. Al semiologo non erano sfuggiti gli sguardi che Florindo Flores lanciava a destra e a sinistra. – Vede quel ponticello davanti a noi? – continuò, indicando col dito un ponte che attraversava un rio strettissimo. – Quello è il «Ponte delle Carampane», siamo sempre in zona.

C'era tanfo sufficiente perché il Maestro togliesse il fazzoletto dal naso. Si erano infatti addentrati in un dedalo di callette, attraversate spesso da rii con i relativi ponticelli; qualche rara volta fiancheggiava il rio una fondamenta, cioè uno stretto marciapiede, qualche volta un sottoportico, da cui si potevano vedere i capi di biancheria stesi ad asciugare dalle finestre soprastanti.

In un punto particolarmente oscuro di uno di questi sottoportici lessero, alla luce scarsa di una lampada, su una targhetta arrugginita il nome di Madame Léonide.

Bussarono col pesante anello di ferro alla porticina. Dopo diversi colpi si udí una voce che chiedeva dall'interno:

– Chi bate?

– Clienti, – rispose il semiologo. – È lei Madame Léonide?

Nessuno rispose, ma si udí lo scatto di una serratura automatica e la porta si aprí. I due si trovarono davanti a una stretta scala di una sola rampa, che saliva a una porta: al centro del vano, avvolta da una luce fioca, stava una signora sui cinquant'anni, in vestaglia nera, col volto in ombra. Ma la luce che proveniva dall'interno illuminava una massa di capelli biondo-rossicci. Tinti, naturalmente.

La donna si fece da parte e li fece entrare in una stanzetta spoglia. La rischiarava a malapena un lume, posto al centro di un tavolo rotondo e coperto da uno scialle di velo rosso. Madame Léonide indicò loro due delle tre sedie che stavano intorno al tavolo, e gli uomini si sedettero.

Il semiologo, che per precauzione aveva tirato di tasca il fazzoletto e se lo premeva sul naso, si guardò attorno, ma non riuscí a vedere nient'altro, neanche un mobile.

Sempre in silenzio la donna si sedette sulla sedia rimasta libera, e cominciò a guardare il capitano con strani sguardi intensi, ignorando completamente il semiologo. Florindo Flores fece per obiettare che non lui bensí l'altro signore aveva bisogno del suo aiuto, ma la donna lo prevenne, e rivolta a lui, disse:

– Dame un caveo, fio mio.

Florindo Flores non capí, e rimase come imbambolato a guardare la donna. La quale riprese con un sorriso:

– Non aver paura, figlio mio. Ho capito che non

siete veneziani e non comprendete il dialetto. Ti ho chiesto uno dei tuoi capelli, perché dall'esame del capello io posso capire che cosa ti angoscia, qual è la causa della tua infelicità –. E intanto con le dita della mano sollecitava la consegna del capello. – Scoperta la causa della tua infelicità, il rimedio è a portata di mano.

Spinto dal gesto, il capitano si strappò il capello e glielo porse. La donna lo prese in mano, lo girò e rigirò e, abbassando la voce, disse:

– Vedo, vedo. C'è una donna che fa nodi in una corda... – A questo punto il semiologo ritenne di dover intervenire per porre fine sia all'equivoco che alla ridicola sceneggiata.

– Scusi, signora, ma qui c'è un errore: sono io che ho bisogno delle sue arti, non il mio compagno.

– Stia zitto, lei, – lo redarguí imperiosamente Madame Léonide. – Che cosa vuole? Che mi metta a curare comuni raffreddori? E poi che cos'è questa puzza di violetta che esce dal suo naso? Si tenga pure quel fazzoletto sulle narici e mi lasci lavorare.

Effettivamente, da quando il semiologo s'era rimesso il fazzoletto al naso, il piccolo vano in cui sedevano si era riempito di uno strano odore di violetta dolciastro e piuttosto nauseabondo. Lo percepí anche Florindo Flores, e guardò il Maestro cercando di nascondere una smorfia. Chi non fece nulla per dissimulare il suo disgusto fu la fattucchiera: il semiologo la vide torcere la bocca, ma si strinse nelle spalle come a dire che, se a loro dava fastidio quel profumo, non sapeva proprio che farci. La donna rivolse nuovamente la sua attenzione a Florindo Flores, ignorando volutamente l'altro uomo. E cincischiando tra le dita il capello strappato:

– Vedo, figliuolo, – disse, – vedo che hai una spina nel cuore. Tu soffri, e come soffri! Vedo la donna che fa nodi nella corda e l'avvolge attorno alla tua immagine. Con quella corda tiene il tuo cuore incatenato. Ma se hai fiducia in me, te ne libererò, e potrai di nuovo essere felice. Che mestiere fai?

– Sono poliziotto in pensione, – rispose seccamente il capitano, per far capire che non era ricco e non avrebbe potuto pagare certe strane prestazioni. La donna capí al volo e cambiò immediatamente tono:

– Ahi, ahi! Questi nodi sono molto aggrovigliati. Credo che non potrò fare nulla per aiutarti. Centomila, – concluse restituendogli il capello.

Il capitano Flores pagò e si riprese il capello, mentre il semiologo si alzava e si avvicinava alla porta. Lo seguí in silenzio giú per la scaletta, diventata improvvisamente buia perché la donna aveva richiuso l'uscio. A tentoni e guidati dal filo di luce che penetrava dalla fessura del portoncino, giunsero finalmente all'aperto, e il semiologo poté respirare a pieni polmoni, grazie al gran tanfo di un rio vicino quasi asciutto.

– Mi dispiace, capitano, le ha fregato centomila lire, – disse il semiologo.

– E un capello, – aggiunse mestamente il capitano rigirando tra le dita il capello strappato.

– Be', per lei non è grave; per me sarebbe stato molto peggio, – rispose passandosi una mano sul capo quasi liscio. – Ad ogni modo quella è una truffatrice. Non ha nemmeno capito chi dei due aveva un problema da risolvere. Ha visto? Non mi ha neanche lasciato parlare. Una vera sensitiva non avrebbe mai commesso un simile sbaglio. E poi che cos'era quella storia della puzza di violetta? È un profumo, e a me è indispensabile. Che imbrogliona!

– Certo. Quella voleva spillare quattrini e basta, – rispose il capitano Flores, – e quando ha sentito che sono solo un poliziotto in pensione, mi ha fatto i conti in tasca e mi ha subito liquidato dicendo che i nodi erano troppo aggrovigliati e non poteva far niente per me.

– E le ha spillato centomila lire, – insistette il semiologo.

– Io non so come sia accaduto, ma a un tratto la stanza si era riempita di un odore un po' nauseante. Lí per lí non capivo da dove venisse, ma poi ho visto che lei aveva tirato fuori il suo fazzoletto alla violetta.

– Lei vuole forse dire, – chiese il semiologo mentre ripercorrevano, lungo la «Calle del Luganegher», il cammino dell'andata a ritroso, – che il mio profumo preferito può essere preso per una puzza nauseabonda?

L'interrogato rispose che certamente no, non era una puzza nauseabonda, e che probabilmente l'impressione era derivata dall'ambiente in cui si trovavano, cosí piccolo e chiuso.

Stavano ripassando sul «Ponte delle Tette», e il

tanfo che saliva dal rio era tale da superare tutte le puzze immaginabili. I due percorsero in silenzio calli e callette, il semiologo respirando liberamente l'aria per lui piú pura del mondo, il capitano tenendosi il fazzoletto premuto sul naso. E di calletta in calletta si ritrovarono alle Zattere, dove una lieve brezza che saliva dal canale della Giudecca spazzava l'aria di tutti i cattivi odori. Immediatamente le parti s'invertirono: il capitano Flores respirò con voluttà l'aria pura della sera mentre il semiologo si affrettava a schiacciarsi il fazzoletto alla violetta sul naso.

Il sole era già tramontato, ma colorava ancora l'occidente di un rosso violaceo misto a malinconiche striature di grigio. I due camminavano in silenzio, ripensando entrambi all'avventura della fattucchiera. Il semiologo non riusciva a darsi pace che il suo profumo alla violetta fosse apparso agli altri come una puzza nauseante:

– Maledetta strega! – mormorava tra sé. Ma era poi vero che anche il capitano Flores aveva sentito quella specie di puzza? O non era stato forse effetto della suggestione provocata dalla donna? «Adesso glielo chiedo», pensò. Ma poi si trattenne per non metterlo a disagio o nella necessità di mentire. Cosí si tenne il suo dubbio e continuò a camminare a testa bassa, di nuovo oppresso da gravi pensieri. In effetti la prospettiva era di doversi premere sul naso il fazzoletto alla violetta per tutto il resto della vita. E di provocare negli altri reazioni spiacevoli, com'era accaduto anche a pranzo quando era stata portata in tavola la granseola.

A un certo punto si riscosse e decise di far finta di niente:

– Domani, – disse, – dovrò tenere la mia terza e ultima conferenza. Mi raccomando, capitano, agisca in tutto e per tutto come stamattina: prova dell'alito per chiunque, indistintamente, ispezione del ristorante dove si andrà a mangiare eccetera... – Il capitano Flores si domandò che cosa fosse quell'«eccetera», come se non lo mettesse già abbastanza a disagio ficcare il naso nella bocca degli altri e infilarsi nelle cucine dei ristoranti sotto gli occhi sbarrati dei cuochi. – E poi, – continuò il semiologo, – che ne dice se al pomeriggio andiamo a provare le arti dell'omeopata?

– Come vuole, professore, – rispose, – purché sia chiaro fin dal principio che il paziente non sono io.

– Certo, certo. Appena saremo in albergo gli telefonerò e gli spiegherò per bene di che si tratta.

## 14.

## Attraverso Venezia

Il Maestro non riuscí a sottrarsi al pranzo di gala offertogli a conclusione del suo ciclo di lezioni come intrattenimento di addio, e cosí fu costretto a fare un brindisi di ringraziamento ad autorità accademiche e colleghi, a stringere la mano a tutti, e a lasciare il suo fazzoletto sempre in tasca, oppresso dalla solita puzza d'aglio. Usciti dal ristorante di lusso in Riva degli Schiavoni, dopo queste inaudite sofferenze, si diressero rapidamente all'indirizzo del professor Dürrenapfel, che abitava in campo San Polo.

– Bel campo, – commentò il semiologo. – Si vede che l'omeopatia gli rende bene.

San Polo era piuttosto lontano, ma si avviarono ugualmente a piedi, il Maestro per digerire l'aragosta con scampi mangiata al ristorante, Florindo Flores per farsi la passeggiata attraverso Piazza San Marco, e vedere le calli e le callette che si sarebbero presentati.

Il Maestro provava ogni tanto a togliersi il fazzoletto dal naso, ma la puzza dei rii, in quei passaggi cosí ampi e ariosi, non era sufficiente ad abbattere quella dell'aglio, ed era quindi costretto a ricorrere nuovamente alla violetta. Florindo Flores respirava a pieni polmoni l'aria piú pulita di Venezia.

A un tratto si trovarono di fronte al Ponte dell'Accademia, e Florindo Flores già si accingeva a salire i primi scalini, quando si sentí trattenere per una manica dal semiologo, che non accennava a muovere un passo.

– Qui non c'è nessuna puzza, – disse per spiegare il suo gesto. – Passiamo per il Ponte di Rialto, che è molto piú interessante. Là c'è il mercato delle erbe e del pesce –. Pronunciando queste parole il suo viso s'illuminò di un largo sorriso. – A quest'ora il mercato è certamente finito; ma l'odore resta, soprattutto quello del pesce, che resiste a lungo. Là potrò finalmente saziarmi d'aria.

Florindo Flores dovette obbedire, molto a malincuore perché voleva rivedere quella che ormai considerava la sua chiesa, quella della Salute: gli era tanto piaciuta quel primo mattino a Venezia, quando non aveva potuto osservarla con calma; né l'aveva piú rivista, dovendo seguire il Maestro nell'intrico delle sue callette preferite.

Si rituffarono infatti in calli interne, salirono e discesero un'infinità di ponticelli, percorsero sottoportici, attraversarono campi e campielli, e finalmente sbucarono in una calle piú larga e diritta che portava al Ponte di Rialto.

Mentre Florindo Flores guardava incuriosito le botteghe ai lati del ponte, il Maestro respirava a pieni polmoni la puzza che veniva dal pur lontano mercato del pesce.

– Il tempo cambia, – disse compiaciuto. – Si alza lo scirocco. Senza scirocco la puzza del pesce non arriverebbe fin qui –. Aveva parlato ad alta voce, e alcuni passanti, che avevano udito e notato l'aria beata con cui erano state pronunciate quelle parole, si voltarono sconcertati a guardarlo.

– Che mona! – disse qualcuno, evidentemente di scarsa educazione. – Ghe piase la spussa!

Il Maestro si fermò a gambe larghe in cima al ponte, in posizione di attacco, e gridò all'insolente, un omino piccolo e secco:

– Ehi, lei! Vuol ripetere quello che ha detto?

L'omino misurò l'avversario con un'occhiata, ne soppesò il pugno, e disse:

– Mi? Mi no g'ho dito gnente –. E continuò per la sua strada.

Dopo aver sostato qualche secondo in quella posizione, il Maestro si voltò e riprese il cammino a fianco di Florindo Flores, brontolando a mezza voce:

– Questi veneziani! Devono mettere il naso dappertutto, criticare tutti. Si guardassero un po' loro...

Intanto erano arrivati al mercato, inconfondibile per ventrigli e teste di pesce gettati per terra, gusci di cozze e ostriche, bucce di limone: il semiologo si fermò a respirare a pieni polmoni quell'aria marcia. C'erano degli uomini che con le pompe spruzzavano per terra gran getti d'acqua, cercando di purificarla, ma al massimo riuscivano a rimuovere i rifiuti, non la puzza, che lo scirocco rendeva stagnante mescolandola a quella del Canale e dei rii vicini.

– Ah, lo scirocco! – disse con aria soddisfatta il Maestro, fermo in mezzo alla piazzetta del mercato, guardando compiaciuto i tavolati di legno dei banchi, intrisi di ghiaccio fuso e scaglie di pesce. Invano il capitano Flores, ostentando il suo fazzoletto sul naso, cercava di allontanarlo da quel luogo pestilenziale.

– Professore, abbiamo un appuntamento, non dobbiamo far aspettare il nostro omeopata –. Lo chiamava cosí perché non riusciva a pronunciare quello strano nome.

– Sí, sí, lo so, caro Flores. Ma sapesse che sollievo è per me respirare una puzza che non sia quella dell'aglio! Mi pare di essere in paradiso –. Ma finalmente le insistenze di Florindo Flores, che realmente stava per svenire per l'odore di pesce sfatto, raggiunsero il loro scopo: il semiologo, dando un'ultima languida occhiata al suo paradiso, si volse e s'incamminò in direzione di campo San Polo.

A Florindo Flores non parve vero di potersi togliere il fazzoletto dal naso, anche se aria pura non ne poté respirare finché non si trovarono in campo San Polo, spazioso, aperto e con qualche alberetto intorno.

Il capitano, che aveva seguito attentamente il percorso fatto insieme al semiologo, e che facendo il poliziotto aveva acuito il senso dell'orientamento, guardandosi ben bene attorno, disse:

– Ma sa, professore, che abbiamo fatto un percorso molto piú lungo che se fossimo passati dal ponte dell'Accademia? Almeno il doppio.

– Lo so, lo so, caro, – rispose il semiologo. – Ma

volevo godermi quella deliziosa sosta al mercato del pesce. Quella puzza di pesce, che resta attaccata ai banchi vuoti e al terreno anche se viene lavato, che resta sospesa persino nell'aria, mescolata al tanfo dei rii semiasciutti coi loro rifiuti di ogni genere... per me è un momento di beatitudine, quella puzza copre e schiaccia il fetore dell'aglio che è nel mio naso. Ma non si sarà stancato, vero? E poi siamo arrivati. Il professor Dürrenapfel abita qui –. E dopo aver controllato sul biglietto da visita, indicò una palazzina, che spiccava sulla schiera di casette, tutte pressoché uguali, per un raro e inconfondibile color pervinca.

Le costruzioni che circondavano di lato la chiesa, non superavano i due piani, e anche se non tutte avevano l'altana sul tetto, sarebbero state uno spettacolo monotono, se non fossero state tutte di colori diversi; rosa, bianche, rossicce, celesti, lilla, e mai due dello stesso colore accostate. La luce pomeridiana esaltava le tinte e dava al campo un raro senso di allegria.

## 15.
## Il professor Dürrenapfel

La targhetta d'ottone era stata lucidata di recente. Suonarono, e venne ad aprire una cameriera, o infermiera, in grembiule bianco. La porta d'ingresso dava su un piccolo soggiorno pulito e bene ordinato, con qualche poltroncina, evidentemente una saletta d'aspetto. Una porta introduceva nello studio del professor Dürrenapfel, che sedeva in camice bianco, dietro una larga scrivania, su cui stavano ben ordinati tutti gli strumenti per scrivere. L'ordine e la pulizia erano ciò che piú colpiva in quell'ambiente. Poi la faccia dell'eminente scienziato, che fosse tale era testimoniato dai vari attestati incorniciati e appesi alla parete, apparve poco al di sopra del tavolo di legno: una faccina grinzosa e secca, tanto piccola che il suo proprietario aveva cercato di farla apparire piú grande facendosi crescere una foresta di capelli biondo-rossicci che ricadevano abbondantemente ai lati del viso. Si sarebbe detta una mela secca che qualcuno avesse appena tirato fuori da una cesta di paglia, cui era impossibile dare un'età definita.

L'uomo si rizzò un po' sulla poltroncina girevole e, volgendosi verso i nuovi venuti, porse la mano prima al semiologo, poi al capitano, e guardando con un sorriso benevolo colui che sarebbe stato oggetto delle sue cure, gli indicò con gesto magnanimo la poltrona piú comoda e grande, mentre al capitano Flores indicava una poltroncina piú piccola.

– Sono già stato informato del suo problema dal mio caro amico, il professor Pocapaglia, – esordí l'omino adagiandosi nella poltrona e scomparendovi totalmente. «Molto bene, – pensò Florindo Flores, – cosí non si corre il rischio di uno scambio di persona».

– Sono quindi già al corrente delle Sue sofferenze. Ma vedrà che, se Lei seguirà alla lettera le mie prescrizioni, il Suo problema sarà presto risolto.

– Gliene sarei molto grato, professore. Non può immaginare quanto soffro per questa allergia, che mi toglie ogni piacere di vivere. Davvero crede di potermi salvare da questo inferno?

– Senza dubbio, caro collega. Ora mi dica una cosa: Lei non sopporta l'odore dell'aglio quando c'è, o anche quando non c'è?

– Ahimè, – rispose il semiologo, – questa allergia si è aggravata a tal punto che ora sento puzza d'aglio anche quando non ce n'è neppure uno spicchio nei dintorni. E la sento sempre piú nauseante.

– Evidentemente è salita fino al cervello, – replicò l'omeopata. – Dal naso, come lei sa, si arriva alla fronte. Esattamente come il catarro in una sinusite. E da quanto tempo soffre di questo disturbo?

– Da dieci giorni, cioè da quando con un po' di colleghi e amici, ho partecipato a una grande bagna cauda, alla maniera antica, con una testa d'aglio per persona. E lí, devo confessarlo, mi sono abboffato.

– Capisco, un peccato di gola di cui porta ancor oggi le conseguenze. Per questo tiene quel fazzoletto impregnato di... sotto il naso?

– Profumo di violetta di Parma, professore, – precisò il semiologo.

– Non si preoccupi e vedrà che se Lei segue puntualmente le mie prescrizioni, non solo si libererà della puzza d'aglio, che Lei sente anche quando non c'è, come ha detto or ora, ma potrà tornare ad apprezzare tutti gli odori reali nella giusta misura. Mi segua attentamente: qui c'è una serie di capsule, che per ora sono vuote, ma che io riempirò di polvere d'aglio.

Cosí dicendo andava allineando sul piano della scrivania sette capsule di misura diversa. Le ordinava in fila dalla piú grande alla piú piccola. La prima della dimensione di una noce, l'ultima, piccola come un cece.

– Ecco, vede: sono sette, una per ogni giorno della settimana. In capo a sette giorni, Lei sarà guarito.

– Che meraviglia! – esclamò il semiologo. – Se penso che ho sopportato questa tortura già per dieci giorni, e senza speranza...

L'omeopata lo guardò compiaciuto, poi continuò:

– Il primo giorno, cioè domani mattina, a digiuno, Lei inghiottirà la piú grossa, – e cosí dicendo pose un dito sulla noce, – non sentirà nessun sapore perché l'involucro di gelatina si scioglierà soltanto nello stomaco. Poi certamente avrà qualche rigurgito d'aglio per tutto il giorno, è inevitabile. Ma conoscendone la causa reale non Le sarà difficile sopportarlo. I giorni seguenti inghiottirà gli altri ovuli, uno ogni mattina, diminuendo via via la dimensione, fino al piú piccolo, il settimo giorno. E la cura sarà finita –. E indicò l'ultima capsula al semiologo, che la guardò con simpatia.

– Ora mi dica, professore, per attutire il sapore dell'aglio che certo il primo giorno sarà tremendo, – si preoccupò il semiologo, – che cosa devo mangiare?

– Mangiare? Eh, no. Vedo che Lei non ha intuito la peculiarità della cura omeopatica. D'altra parte non gliene ho ancora parlato. Colpa mia. Ecco, vede, – e qui l'omeopata si fregò le manine secche sorridendo in un certo modo che al semiologo, ma anche al capitano Flores, parve ambiguo, – per tutto il tempo della cura Lei, esimio professore, non potrà mangiare nulla. Il primo giorno non deve ingerire assolutamente niente, neppure un goccio d'acqua. Se le verrà sete, potrà umettarsi le labbra con del succo di limone, ma badando bene a non ingerirlo, perché basterebbe a compromettere tutta la cura. A partire dal secondo giorno potrà bere della tisana di tiglio, in dosi crescenti: un cucchiaino il primo giorno, due il secondo e cosí via fino alla fine della cura. Ma badi bene: se Lei mangerà anche solo un boccone di pane, la cura fallirà, e il Suo sacrificio, perché mi rendo conto che è un sacrificio, sarà stato inutile.

Florindo Flores guardò il Maestro: lo vide cosí

pallido che temette stesse per svenire. Poi lo vide farsi improvvisamente rosso, in preda a una collera a malapena trattenuta: sembrava sul punto di esplodere in violenze verbali contro il collega omeopata. Infine lo vide dominarsi con uno sforzo supremo e fermare con un gesto della mano l'omino che, alzatosi in piedi, si accingeva a tirar giú da una mensola un grosso vaso pieno di polvere biancastra.

– Che cosa contiene, quel vaso? – chiese il semiologo con voce tremante d'ira.

– Polvere d'aglio, caro collega, – rispose l'interpellato.

– Allora si risparmi la fatica di tirarlo giú. Non ho ancora deciso se fare questa cura omeopatica.

– Guardi che piú tempo passa, piú la malattia si incancrenisce, – disse l'altro rimettendo a posto il vaso. – Ora Lei può liberarsene con una settimana di cura. Piú tardi ci vorrà forse un mese e non è detto che possa guarire.

La frase suonò come una minaccia alle orecchie del semiologo. Tuttavia l'idea di nutrirsi per una settimana di sola polvere d'aglio lo terrorizzava.

– Mi lasci riflettere un giorno o due, devo trovare il coraggio di affrontare questa prova che, mi scusi se glielo faccio notare, non è cosa da poco. Per ora La ringrazio delle spiegazioni che mi ha dato. Quanto Le devo per il suo tempo? – Cosí dicendo si era alzato in piedi, subito imitato da Florindo Flores.

– Per carità! È stato un piacere per me conoscerLa e scambiare qualche parola con Lei. Mi dispiace soltanto che non abbia fiducia nell'omeopatia –. Anche l'omino si era alzato e accompagnava gli ospiti alla porta.

– Non è che manchi di fiducia nell'omeopatia, – cercava di scusarsi il semiologo. – È che questo caso mi tocca personalmente... E poi una settimana di digiuno assoluto...

– Ma non è niente! In principio sentirà fame, poi soltanto appetito, poi piú nulla. Pensi che io mangio solo un'insalata di lattuga scondita ogni due giorni, e sto benissimo. Ahi! – gridò quando il semiologo gli diede la mano. Sebbene gliel'avesse solo toccata, per quell'omino cosí gracile era stata di sicuro una stretta dolorosa.

– Mi scusi e abbia pazienza... Non volevo farLe male, – s'impappinò l'ospite uscendo dalla stanza seguito dal capitano Flores. L'omeopata era rimasto sulla porta, forse impietrito dal dolore, massaggiandosi con molta precauzione la mano destra. Gli ospiti furono subito presi in consegna dall'infermiera-governante, che li guidò con aria severa all'uscita sul campo San Polo.

– Spero di non avergli rotto qualche falange, – disse il semiologo sinceramente preoccupato. – Quell'uomo sembra di carta velina.

– Per forza, – disse Florindo Flores, – se mangia solo un'insalata scondita ogni due giorni... Mi sembra matto.

– A essere sincero, sembra matto anche a me, – aggiunse il semiologo. – Ci pensa di quante cose buone si priva? Aragoste, scampi, gamberi, tutte le cose che abbiamo mangiato noi oggi.

– Agnelli, capretti, porcetti... – aggiunse il capitano pensando alla sua Sardegna. E poi, riflettendo e facendosi serio: – Non sarà mica un maligno, un sadico?

– L'ho pensato anch'io. Per questo mi sono preso un paio di giorni per decidere –. E intanto indicava una panchina vuota tra gli alberetti del campo, ancora sfiorata dal sole del tramonto. – Sediamoci lí, – disse, – e ragioniamo.

## 16.

## Ragionamenti in campo San Polo

Si sedettero su una delle poche panchine libere del campo, tutte le altre erano saldamente occupate da vecchiette e vecchietti intenti a godersi l'ultimo sole chiacchierando sotto voce. Era evidente che si conoscevano tutti, e ogni gruppetto di persone sedute sulla stessa panchina spettegolava di qualche altro gruppetto, indicandolo con un cenno del mento. Il giorno dopo probabilmente i gruppetti sarebbero stati diversi, ma le chiacchiere le stesse. Si stabiliva cosí un reticolo di informazioni, qualche volta vere, piú spesso inventate, che coinvolgeva tutto il campo San Polo. E quello probabilmente era per quei vecchietti il momento piú bello della giornata quando, godendosi l'ultimo sole, potevano dare sfogo ai pensieri che avevano ruminato durante il giorno e conservato nella memoria per quel momento magico. Tra poco, quando il sole autunnale fosse tramontato, quei gruppetti si sarebbero trasferiti, senza subire alterazioni, in una delle tante osterie vicine, dove avrebbero continuato i loro pettegolezzi davanti a un bicchiere di vino.

Ma ben altri erano i discorsi del semiologo e della sua guardia del corpo, ben altri i loro problemi. Il professore appariva seriamente preoccupato:

– Caro Flores, io non so proprio se reggerei alla cura proposta dal professor Dürrenapfel. Si rende conto che se la incominciassi e poi non reggessi alla fame o al sapore dell'aglio, che sarà molto peggio dell'odore, avrei fatto un sacrificio inutile?

– E che sacrificio! – interloquí Florindo Flores. – Non credo che lei, professore, riuscirebbe a digiunare per una settimana intera.

– Quello, – disse il semiologo, alludendo all'omeopata, – riesce a sopravvivere con tre insalate scondite alla settimana; io non ce la farei. Ha visto com'è rinsecchito?

– Sí, – disse Florindo Flores, – sembra una mela vizza.

– Come dice il suo nome, – aggiunse il semiologo che conosceva il tedesco.

– No, non le consiglio di seguire quella dieta, – disse Florindo Flores scuotendo il capo, – io non ce la farei. E, considerata la sua corporatura, professore, e come mangia di gusto, direi proprio che neppure Lei ce la farebbe.

– Già. Ma che alternative ho? Non so piú dove sbattere la testa –. E cosí dicendo scuoteva il capo sconsolatamente da destra a sinistra e viceversa.

Il capitano Flores meditava con lo sguardo rivolto a terra. Il campo, al calare del sole, si era svuotato dei suoi vecchietti, e si era cosí spento anche il loro incessante e confuso mormorio, che al capitano era sembrato l'eco continuo di una musica insistente. Quel silenzio gli ispirò, chissà come, un'idea che fino a quel momento non gli era ancora passata per la testa:

– Professore, – disse a un tratto, sollevando il capo, – ha provato ad andare da un medico? Magari uno specialista per orecchi-naso-gola?

Il semiologo lo guardò sorpreso. – Vuol dire un otorinolaringoiatra? Per la puzza d'aglio nel naso? No, non ci sono andato. Ma non crede che mi renderei ridicolo?

– Mi ascolti, professore. Ho riflettuto molto sul suo disturbo. Se ho capito bene, sente puzza d'aglio anche quando non c'è affatto. È cosí?

– Sí, – ammise il semiologo.

– E la puzza diventa ogni giorno piú nauseante. Se non viene da fuori, vuol dire che è nel naso. Provi un po' a togliere il fazzoletto con la puzza... mi scusi, con il profumo di violetta. Sente odore di aglio?

Il semiologo obbedí, si tolse il fazzoletto e fece una smorfia orrenda.

– C'è una puzza terribile! – gridò rimettendosi il fazzoletto sul naso. – Ma lei, capitano, non la sente?

– Le posso assicurare che l'aria qui è purissima, – disse il capitano con un certo sussiego. – E io, come poliziotto, ho un fiuto eccellente.

– E allora? Che cosa può farmi un medico? – chiese il semiologo con tono scoraggiato.

– Si ricorda se la sera della famosa bagna cauda ha starnutito, tossito o qualche cosa del genere?

– Se ho starnutito? – chiese sorpreso il semiologo. – Non lo so, sono passati dieci giorni. Ma è possibile. Spesso starnutisco senza nessun motivo apparente, faccio molti starnuti di fila, anche venti. E tutti potentissimi e fragorosi, data la conformazione interna del mio naso. Posso anche aver tossito. Ricordo che a un certo punto quasi soffocavo ridendo per lo scherzo di un collega.

Florindo Flores a quelle parole si animò tutto:

– Bene! Mi è venuto in mente che a un mio compaesano è successa una cosa simile, mangiando una zuppa di fave e lenticchie. Gli venne una serie di starnuti irresistibili mentre aveva la bocca piena, e per non fare brutta figura cercò di inghiottire tutto quello che aveva in bocca. Ci riuscí, ma qualcosa invece di andare giú per la gola, andò su per il naso e restò incastrato in quella specie di sella che sta in alto nel naso, non so come si chiami. In principio non ci fece caso, ma il giorno dopo cominciò a sentire un dolore che andò aumentando rapidamente fino a diventare insopportabile. Dovette andare da uno specialista, che dopo avergli fatto una leggera anestesia locale, riuscí a individuare un corpo estraneo e quindi, con certe sue pinze speciali, lo estrasse.

Il semiologo, che aveva ascoltato con molta attenzione il racconto del capitano, alla fine chiese:

– E che cos'era quel corpo estraneo?

– Una lenticchia.

Intanto le ombre avevano invaso il campo e l'aria si era rinfrescata; i due si alzarono e si avviarono per la larga calle che va verso Ca' Foscari.

## 17.
## L'osteria «della Donna Onesta»

Strada facendo i due andavano ragionando di quella storia della lenticchia.

– Io però sento soltanto puzza, non dolore, – obiettava il semiologo.

– Sicuramente anche a lei, professore, è rimasto un corpo estraneo attaccato alla parte alta del naso: un pezzo d'aglio, magari anche solo un frammento. Per questo non sente dolore, ma solo la puzza, perché è un corpo molle, probabilmente piccolissimo. Una lenticchia rimane comunque solida, quindi il mio compaesano non poteva non sentire dolore; e poi quella era una lenticchia di Ventotene, di quelle ottime, che non si disfano nemmeno se le si fa cuocere per ore... le conosce, professore?

Il semiologo non le conosceva.

– Speriamo che sia come dice lei, capitano. Chissà che un bravo specialista non riesca a liberarmi da questo guaio.

In prossimità di Ca' Foscari, si fermarono sul ponticello che cavalcava un rio talmente basso da mostrare, galleggianti nel liquame, i vari oggetti buttati dalle finestre delle case soprastanti. Non staremo a descriverli.

Il semiologo trasse un profondo sospiro e mise

in tasca il fazzoletto. Florindo Flores tirò fuori il suo e si tappò il naso. Il Maestro si appoggiò con aria beata alla sponda del ponticello:

– Vede, capitano, questo è il ponte «della Donna Onesta».

– Che strano nome! – osservò Florindo Flores. – Si vede che da queste parti abitava una donna veramente onesta.

– Troppo onesta. Non so se ricordo bene la storia che c'è dietro. Piú o meno dev'essere questa. Qui viveva una donna sposata che aveva fama di essere onestissima, tanto onesta che il marito volle fare una scommessa con i compari dell'osteria: avrebbe detto alla moglie che partiva per un viaggio e sarebbe stato via di casa alcuni giorni. Invece tornò la sera, travestito e truccato in modo tale che lei non potesse riconoscerlo. Si presentò a casa sua con un falso nome e cominciò a corteggiare sua moglie. Ma la donna non era solo onesta, era troppo onesta, e quando lo sconosciuto fece per abbracciarla gli piantò uno stiletto nella schiena trapassandogli il cuore. Cosí morí il marito della «Donna Onesta», e il ponte prese il nome che porta ancora adesso. E anche quell'osteria lí sull'angolo porta lo stesso nome, la vede? È lí che andremo a bere qualcosa.

Scesero dal ponte e subito trovarono la porta dell'osteria «della Donna Onesta». Vi si stava friggendo qualcosa che mandava un odore molto acuto. Florindo Flores si tenne il fazzoletto accostato al naso, coperto dalla mano per non offendere chi l'avesse visto, mentre il semiologo si riempiva soddisfatto i polmoni di aria fritta e fumo di toscano. Si sedettero a un tavolo vicino alla porta della cucina, e l'odore si rivelò provenire dalla cottura di una frittata alle cipolle. Il semiologo ordinò due ombre rosse, e al poliziotto venne subito in mente un film western che aveva visto da ragazzo. Ma ad arrivare in tavola furono due semplici bicchieri di vino rosso.

– Merlot del Piave, – disse la voce di un uomo che subito sparí nella cucina. Bevvero. Il vino era piuttosto buono, anche se un po' troppo freddo, evidentemente veniva dal retro della cucina.

– Ombre? – chiese Florindo Flores. – Perché le ha chiamate «ombre»?

– Perché qui a Venezia un bicchiere di vino bevuto fuori pasto si chiama cosí –. Florindo Flores guardò il semiologo con aria interrogativa, non osava chiedere ulteriori spiegazioni su quel termine, ma l'altro se ne accorse e si accinse a dar prova della sua erudizione:

– L'origine di questo nome è piuttosto dibattuta. Una delle ipotesi piú accreditate è che derivi dall'ombra del campanile di San Marco nella piazza omonima. Che infatti si chiama piazza e non campo, perché lí un tempo si teneva il mercato della frutta e verdura. Era la «piazza delle erbe». Tra i vari banchi di frutta e verdura c'era anche il banchetto del vino, dove si vendeva il vino a bicchieri. Il banchetto del vino si spostava secondo l'ombra del campanile, perché il vino restasse sempre fresco. Cosí quando qualcuno tra i venditori o i compratori aveva sete, guardava dove cadeva l'ombra del campanile e sapeva dove dirigersi per dissetarsi. Si andava «all'ombra», si andava per «ombrette». Ombre bianche e ombre rosse: il bicchiere di vino bevuto cosí per dissetarsi, è rimasto «un'ombra, un'ombretta».

Florindo Flores sorrise: gli pareva molto bello quel modo di chiamare un bicchiere di vino. Molto poetico.

– Voleu magnar? – chiese una voce di donna dalla cucina. I due risposero di sí, ma che cosa friggeva in padella? – Tre frittate diverse, – rispose la stessa voce.

– Una bella fetta di tutte e tre per ciascuno, – rispose il Maestro, a cui la camminata attraverso la città aveva messo appetito. Si accomodò meglio sulla vecchia sedia impagliata facendola scricchiolare paurosamente.

– Se me rompe la cadrega, poi me la paga, – disse la solita voce di donna, accompagnata questa volta dall'imponente presenza della sua proprietaria, che si avvicinò per sistemare sul piano del tavolo tovaglia e tovaglioli, bianchissimi. Mentre si compiaceva di questo raro scampolo di civiltà, il Maestro fu colto da un dubbio:

– C'è mica dell'aglio nelle frittate?

La donna lo guardò sorpresa, poi accigliata, e infine proruppe in una gran risata:

– Aglio nella frittata! Questa saria proprio bela! – E rientrò in cucina ridendo forte mentre raccontava al marito di quella strana domanda. Rideva ancora quando ricomparve con un cestino pieno di fette di pane. Rideva ancora quando tornò con i due piatti colmi di fette di frittata: tre per piatto, una alle cipolle, una ai peperoni e una ai carciofi. Davvero una rustica e colorita leccornia, guarnita al centro da un imprevedibile ciuffetto di prezzemolo.

Florindo Flores tuffò il naso in quell'armonia di profumi, e ne godette intensamente. Il Maestro accostò cautamente il suo, estraendo per prudenza il fazzoletto di tasca. La cuoca-padrona, che era rimasta accanto al tavolo con le mani sui fianchi per raccogliere commenti e complimenti, torse il naso disgustata:

– Cossa ela sta spussa?

– È violetta di Parma, – rispose Florindo Flores evitando cosí al Maestro di essere costretto a dare spiegazioni di persona. E mentre il semiologo arrossiva violentemente, spiegò alla donna lo strano caso di quell'uomo, perseguitato dalla puzza d'aglio anche quando non ce n'era la minima traccia tutt'intorno, quell'uomo che, per attutire l'odore che lui solo sentiva, era costretto a portarsi sempre dietro un fazzoletto profumato alla violetta. A sentire la penosa storia, la donna si commosse:

– Ghe pensi mi, – disse. – Quando verrà il dottor Marcolin a bere un'ombra, come fa spesso la sera, gli parlo io –. E se ne andò perché l'osteria si stava riempiendo di avventori, venuti per mangiare un boccone o per fare due chiacchiere davanti a un bicchiere di vino.

– Il dottor Marcolin? E chi può mai essere questo medicuzzo da osteria? – borbottava il semiologo con la bocca piena di frittata di cipolle. Florindo Flores non disse nulla, occupato com'era ad assaporare quella ai carciofi.

– Questi, – disse, – non sono i carciofi della mia isola: sono diversi. Buoni però.

– Sono quelli che crescono sugli isolotti della laguna, hanno un sapore che è una via di mezzo tra quelli sardi e quelli romani, – spiegò il semiologo con una punta di saccenteria. – Ma questo dottore dal nome strano, potrà risolvere il mio problema? Devo veramente affidare il mio naso alle sue mani?

– Buona la frittata coi peperoni! Non l'avevo mai mangiata, – commentò Florindo Flores tutto compiaciuto. – Però, me lo lasci dire, la frittata di cipolle è sempre la migliore.

Il Maestro lo guardò irritato: evidentemente il suo naso aveva perso importanza agli occhi del suo commensale... che forse se ne accorse e, come per scusarsi, disse:

– Sa, professore, le frittate sono la mia passione, soprattutto quella di cipolle. Quando poi sono cosí morbide... Chissà che cosa ci mette la padrona per evitare che vengano rinsecchite come le mie.

– Lei cucina delle frittate? – chiese sorpreso il semiologo.

– Sí, quando sono solo nella mia casa di Sassari e non ho voglia di andare in trattoria. Ma non mi vengono mai cosí morbide.

Passava per caso la padrona e udí le parole del capitano Flores.

– Ghe meto il bianco de le bietole, che no le g'ha nesun savor ma ghe dan spesore, – disse e si allontanò ridendo, lasciando il capitano nel dubbio che fosse la verità oppure uno scherzo.

18.

## Il dottor Marcolin

In quel momento si aprí la porta dell'osteria: entrò un uomo piccino, che trasportava un borsone logoro per l'uso ed evidentemente molto pesante. Doveva essere un cliente abituale perché tutti lo salutarono rumorosamente, mentre si lasciava andare sulla prima sedia libera che trovò, a un tavolo a cui erano seduti due vecchietti, coi loro bicchieri di vino. Il capitano Flores era seduto proprio in modo da poter controllare la porta d'ingresso, secondo un'abitudine contratta in tanti anni di servizio, e fece un cenno con gli occhi al suo commensale indicandogli la porta. Il Maestro riuscí, con qualche difficoltà data la sua mole, a voltarsi su se stesso e a guardare nella direzione indicatagli.

– Dev'essere il dottor Marcolin, – sussurrò il capitano Flores.

– Quello? – sussultò il semiologo. – E io dovrei affidare il mio naso a quell'omuncolo? Giammai! – sentenziò riprendendo la posizione giusta, frontale rispetto alle frittate.

Ogni dubbio fu dissolto dalla padrona, che mentre andava dal nuovo arrivato per servirlo, disse: – Eccolo, il dotor Marcolin! È straco, poareto.

Suso e giuso per cali e pontesei a visitar veci e poareti che no lo pagan gnanca.

Il capitano Flores dalla sua posizione strategica, poteva controllare ciò che accadeva dall'altra parte del locale: la donna, dopo aver aiutato il dottor Marcolin a togliersi il cappotto e averglielo appeso all'attacapanni, lisciandolo per togliere le eventuali spiegazzature, si fermò a parlare con l'ospite indicando il loro tavolo col viso e col dito.

– Credo che gli stia parlando di lei, professore, – disse il capitano Flores.

– No, eh! Non affiderei mai il mio naso a quel medicuzzo. Chissà quanti microbi ha tirato su con le sue visite a «veci e poareti». E poi non sarà certo uno specialista in malattie del naso.

– Tentar non nuoce, – ribatté il capitano Flores. – E poi spesso un medico generico, che ha a che fare con ogni tipo di malattia, è meglio di uno specialista.

– È proprio per questo che non lo voglio: chissà quanti malati ha curato, quanti virus sono rimasti attaccati alle sue mani... No, no, no. C'è il rischio che mi attacchi il colera, o qualche altra pestilenza, invece di guarirmi.

– Gli faremo lavare le mani. Non si preoccupi, glielo imporrò io con la mia autorità di poliziotto –. E cosí dicendo tirava fuori dalla tasca dell'impermeabile il berretto della sua divisa.

Intanto la padrona si avvicinava tutta sorridente al loro tavolo:

– Ha detto di sí, che quando avrà mangiato e si sarà lavato le mani, darà un'occhiata al suo naso.

S'è propio una gran brava persona! – E sparí in cucina.

Il semiologo rimase senza parole:

– Senza neanche chiedere il mio parere? E se mi opponessi?

– Farebbe il suo danno, professore. Non c'è nessun rischio a lasciarsi esaminare l'interno del naso.

– Speriamo almeno che aspettino che gli altri avventori se ne vadano, non vorrei dare spettacolo, farmi vedere da tutti questi oziosi, che stanno qui a chiacchierare ore e ore davanti a un bicchiere di vino, solo perché non sanno dove andare.

Ma non fu cosí. È vero che qualche avventore già se ne andava sbattendo la porta, che altrimenti non si chiudeva essendo la serratura piuttosto malandata, vuoi per la ruggine e la salinità proveniente dal vicino rio, vuoi perché nella bella stagione la porta stava sempre aperta per fare uscire gli effluvi dalla cucina. Ma la maggior parte dei clienti aveva intuito che sarebbe successo qualcosa di insolito, e si era arroccata sulle sedie aspettando gli eventi.

A un certo punto, finite le sue frittate, il dottor Marcolin si avviò verso la cucina; passando accanto al tavolo dei due forestieri, disse:

– Torno subito. Vado a lavarmi le mani.

Il semiologo precipitò in uno stato di grande agitazione. Si guardò attorno, e vedendo il locale ancora pieno chiese alla padrona se non si potevano allontanare gli altri avventori, dal momento che tutti avevano già finito di mangiare. Ma la donna lo guardò severamente e rispose che non si poteva scacciare nessuno finché non veniva l'ora di chiusura, e che d'altra parte non era giusto far aspettare fino a mezzanotte il dottor Marcolin, che l'indomani avrebbe avuto una giornata di duro lavoro. Come sempre, d'altra parte. Mentre questi argomenti si dibattevano al tavolo del semiologo, il dottor Marcolin uscí dalla cucina e si avvicinò:

– Allora, vogliamo vedere questo naso? – E poi, rivolto alla padrona: – Dove possiamo avere la luce migliore? – C'erano solo quattro lampadine a illuminare il locale, ognuna appesa al centro di un piatto bianco di ferro smaltato. La luce era uguale ovunque e dappertutto scarsa.

Mentre il dottore si guardava attorno perplesso, la padrona chiamò suo marito e gli spiegò la situazione: il signor Toni, cosí si chiamava, scomparve un attimo in cucina e tornò velocemente con una torcia a pile. Il dottor Marcolin l'accese e l'accostò al naso del Maestro, annuendo per rassicurare tutti: riusciva a vedere benissimo.

– Da quale parte ha il disturbo che le dà noia?

Il paziente indicò la narice destra.

A quel punto però si sarebbe dovuto far sedere il paziente in modo che potesse rovesciare la testa indietro senza rischiare di cadere dalla seggiola.

– Ci vorrebbe una poltrona ben solida, da inclinare leggermente, è necessario che io riesca a vedere fino in fondo alla narice.

E, sempre dalla cucina, si materializzò una poltrona, vecchia e irrimediabilmente unta, che serviva alla padrona per riposarsi tra una frittura e l'altra. Vi fecero sedere il Maestro e la inclinarono. Il dottor Marcolin, alla luce della torcia, si diede a una prima esplorazione della narice sospetta. Ma si fermò, dicendo che la luce andava bene e che però sarebbe stato meglio rendere stabile l'inclinazione della poltrona, magari con due pezzi di legno sotto le gambe anteriori. La padrona e il marito partirono subito alla ricerca, e il dottor Marcolin estrasse dal suo borsone un astuccio metallico, che aveva tutto l'aspetto di una tabacchiera. Il Maestro lo guardò atterrito. I padroni tornarono allargando le braccia desolati: non avevano trovato pezzi di legno o altro che potesse formare il rialzo.

Il semiologo si affrettò ad alzarsi, cogliendo subito al volo l'occasione ed esclamando:

– Mi sembra proprio che per oggi l'operazione non si possa fare...

Ma aveva appena pronunciato le ultime parole che la porta si aprí facendo entrare due studenti, muniti dell'immancabile zainetto carico di libri.

– Ecco chi ne giuterà, – disse la padrona che, prima che i due potessero sedersi, aveva aperto le loro sacche tirandone fuori i volumi piú spessi. Ai ragazzi, che la guardavano allibiti, disse solo:

– Ve li prendo in prestito per qualche minuto appena... – E li portò verso il Maestro. Il semiologo fece in tempo a vedere alcuni dei suoi titoli tra quei libri, che le due pile erano già sparite sotto i piedi anteriori della poltrona. E fu cosí che la testa del paziente fu obbligata nella posizione voluta dal dottor Marcolin. Rovesciata all'indietro.

## 19.

## Operazione «narice destra»

Dopo aver eseguito un accurato esame alla luce della torcia, tenuta saldamente dal capitano Flores, il dottor Marcolin si pronunciò, da dietro lo schienale della poltrona:

– Vedo, vedo chiaro fino in fondo alla narice. Ma non c'è niente. Nessun corpo estraneo, neanche il piú piccolo frammento. Professore, scusi la domanda, ma lei ha fatto del pugilato da giovane?

– Qualche colpo, da dilettante, con gli amici dell'oratorio, come si fa da ragazzi.

– E non si ricorda di un pugno particolarmente forte, che le ha fatto sanguinare il naso?

– Oh sí, piú di uno, ma niente di grave. Perché? – chiese incuriosito il semiologo.

– Perché il setto nasale è deviato verso sinistra, come accade a chi pratica la boxe. Per questo si vede bene il fondo della narice destra, che è bella larga. E non c'è niente. Il suo disturbo deve essere di altra natura.

A quel punto si udí la voce irritata della padrona allontanare gli altri avventori, che si erano alzati dai loro tavolini e stavano lí intorno a godersi la scena, alcuni persino con un bicchiere di vino in mano.

– Via, – gridava, – tuti a le vostre cadreghe, altrimenti ve sbato fora.

– Grazie, parona, – disse il dottor Marcolin, liberato della ressa dei curiosi. – Il caso è piú grave di quanto pensassi. Mi scusi, professore, se metto il naso nella sua vita privata: da giovane è forse stato ammalato di difterite? – chiese il medico mentre faceva cenno al capitano di spegnere la torcia ormai inutile.

– Sí, ho avuto la difterite, e in forma anche piuttosto grave.

– A quanti anni? Da bambino o da adulto?

– Non ricordo quanti anni avessi... Ma sicuramente ero già un ragazzo, avevo già cominciato a fumare, e proprio in quell'occasione ho dovuto smettere; da allora non ho piú toccato una sigaretta, – rispose il semiologo.

– Forse ho capito di che si tratta. Il suo disturbo potrebbe essere ciò che gli specialisti chiamano «memoria olfattiva». La difterite può alterare la percezione degli odori. Quando ha mangiato quella famosa bagna cauda, l'odore dell'aglio si è installato nel suo cervello, fissandosi come ricordo sgradevole, perché, forse, lei ne ha fatto indigestione. Se avesse l'abitudine di fumare, l'odore del fumo avrebbe sopraffatto quello dell'aglio; ma lei, come ha detto, non fuma. È un caso raro, perché il disturbo di cui soffre parte dal cervello. Ma spero che, con un po' di fortuna, ne verremo fuori.

Il professore non disse niente, sconvolto dall'idea che la puzza d'aglio venisse dal cervello. Altro che naso! «Se il tentativo del dottor Marcolin fallisce, – pensava, – avrò per il resto della mia vita un cervello all'aglio». Intanto il dottor Marcolin aveva aperto il piccolo astuccio di metallo, che si rivelò essere davvero una tabacchiera. Prese alcuni pizzichi della polvere che vi era contenuta e li pose sul palmo della mano sinistra.

– Non guardi, professore, non c'è nulla che possa farle male. Tenga la bocca chiusa, e quando le dirò di aspirare tiri su col naso il piú forte possibile.

Si avvicinò al viso del paziente e premette con energia il palmo della mano che aveva riempito sul suo naso, ordinando contemporaneamente:

– Tiri, tiri su piú forte che può!

Il semiologo aspirò con tutta la potenza del suo vasto naso, sentí qualcosa di fortemente irritante salirgli su, sempre piú su, dalle narici fino alla testa, fino al cervello, credette di morire, si divincolò violentemente sulla poltrona, tanto che dovettero trattenerlo perché non si rovesciasse, mentre emetteva strani suoni simili a ruggiti; poi, finalmente, esplose in un immenso starnuto, seguito da altri piú deboli. Rimase infine esausto, abbandonato sulla poltrona, come svenuto.

– È fatta, – mormorò il dottor Marcolin. – Ora vedremo se l'effetto è positivo.

Il semiologo stava a poco a poco riprendendo i sensi. Si guardò attorno stralunato, e chiese balbettando:

– Che cosa è successo? – E poi, vedendo la scatoletta aperta sul tavolo: – Che cosa mi avete fatto? Che cosa c'è in quella scatola? – E già la sua voce saliva di tono, dal balbettío passava all'aggressivo tono di minaccia, il suo volto dal pallore del deliquio si faceva rosso di collera.

– Si calmi, professore, – gli diceva con tono gentilmente persuasivo il dottor Marcolin, – le ho solo fatto annusare del tabacco da fiuto. Ecco, vede, c'è lí la scatoletta –. E cosí dicendo l'avvicinava al suo viso perché la vedesse bene.

Il professore, distogliendo violentemente il capo: – Via quella robaccia, – gridava, – volete proprio farmi morire? – E tentava di divincolarsi dalle braccia del capitano Flores che lo inchiodavano alla poltrona. Poi improvvisamente si calmò: stava riflettendo su quello che era successo, e lentamente tornava padrone di sé.

– Come si sente, professore? – gli chiese sollecito il dottor Marcolin che, pur conoscendo i possibili effetti di una forte presa di tabacco da fiuto, non si era certo aspettato una reazione cosí violenta. – Sta meglio? Ora le spiego: quando le ho detto di aspirare con tutte le sue forze, avevo messo sotto il suo naso una bella presa di tabacco da fiuto. Adesso vediamo se ha funzionato bene. Sente ancora puzza d'aglio?

– No. Sento puzza di cipolla, – disse il semiologo annusando intorno.

– Quela vien dale mie mani, – disse la padrona. – G'ho tagià siole tuto il dí.

Mentre tutti ridevano, il dottor Marcolin mormorava:

– Forse l'esperimento è riuscito. Professore, lei aveva un fazzoletto in mano prima. Vuol provare ad accostarselo al naso? – Il professore obbedí; alla domanda del medico: «Che odore sente adesso?», rispose perentorio: – Puzza di violetta!

– E la puzza d'aglio? Non sente piú la puzza d'aglio?

Il semiologo annusò intorno, fiutò in aria, poi, quasi stupefatto, disse:

– No. Non sento alcuna puzza d'aglio. Altre puzze sí. Di sigaro toscano, per esempio –. E già si guardava attorno minacciosamente cercando il fumatore.

– Bene, bene. Siamo riusciti a sconfiggere e scacciare la puzza d'aglio dal suo cervello. Adesso lasci riposare il suo naso, – concluse il dottore, mentre qualcuno toglieva i volumi da sotto i piedi anteriori della poltrona. I legittimi proprietari li rimisero negli zainetti e se ne andarono, imitati dagli altri avventori rimasti fino a quel momento apposta per godersi lo spettacolo.

Il Maestro, già piú calmo, ma ancora indolenzito dalla scomoda posizione imposta al suo collo, si guardò attorno e vide seduti al tavolo i suoi compagni d'avventura, che lo osservavano sorridendo. Il padrone arrivava in quel momento dalla porta della cucina, intento a stappare una bottiglia.

– Questo, – disse, – s'è il megio vin de tute queste tere –. E faceva intanto un gesto circolare con mano e bottiglia che sembrava comprendere tutto il Veneto e dintorni. E mentre riempiva i bicchieri, precisò: – Amarone s'è, e de sete ani.

Brindarono al dottor Marcolin che aveva salvato il Maestro dalla puzza d'aglio, brindarono al Maestro che era stato salvato dalla puzza d'aglio, alla padrona, al padrone, al capitano Flores, e a ogni brindisi il padrone diceva, rivolto al semiologo:

– Senta ben, profesor, che profumo che 'l g'ha, sto vecio, e che savor! Altro che aglio!

Tra l'allegria generale, il semiologo a poco a poco riprese padronanza di sé, e alzando il suo bicchiere, esclamò: – Bevo alla salute di tutti e in particolare del dottor Marcolin. Questo vino è veramente ottimo, somiglia al barolo della mia terra. Direi che è ancora piú rotondo –. Nessuno poté fare commenti, dato che nessuno sapeva cosa significasse «vino rotondo». Né il Maestro ebbe la forza di elargire spiegazioni, com'era sua abitudine, perché si sentiva ancora troppo strapazzato. Fecero un ultimo giro di amarone e il semiologo volle a tutti i costi pagare la bottiglia della staffa, poi gli ospiti si congedarono ringraziando commossi e vollero accompagnare il dottor Marcolin alla sua abitazione, a pochi passi dall'osteria. Mentre si scambiavano di lontano gli ultimi saluti con i padroni del locale, sentirono il rumore della saracinesca che veniva calata.

Ripassarono tutti e tre sul rio della «Donna Onesta» e il semiologo si fermò e sentenziò:

– Attraversare questi rii è un'impresa, quanto puzzano! – E tirò fuori il fazzoletto alla violetta di Parma. Florindo Flores e il dottor Marcolin si guardarono ammiccando. Svoltarono per la calletta in cui abitava il medico; quando giunsero al suo portone, il semiologo disse:

– Le sono infinitamente grato per avermi liberato da quest'incubo. E pensare che da principio avevo sospettato ci fosse qualche mio avversario che mi sfregasse l'aglio sui vestiti, e invece la puzza era in me, nel mio cervello...

– Succede spesso, anche per cose piú gravi, che si cerchi la causa fuori di noi, e non si pensi a guardarci dentro, – disse filosoficamente il dottor Marcolin. – Bene, è ora che ci salutiamo, domani dovrò alzarmi presto –. E cosí dicendo tendeva la mano ai suoi accompagnatori.

– Mi permetta di ricompensarla per il gran favore che mi ha fatto... – disse il Maestro mettendo la mano in tasca per tirare fuori il portafoglio.

– Per carità, non voglio nulla. Anzi, è stato un piacere per me conoscerla. E poi le dirò che lavorare nel suo naso è proprio rilassante: tutto ampio, spesso. Capisce che cosa voglio dire? Ci sono nasetti piccoli, stretti, sottili e magari contorti. Lí è molto difficile lavorare, e si rischia sempre di far male al paziente. Eh sí, professore, tutti dovrebbero avere un naso come il suo, me lo lasci dire!

E con queste parole il dottor Marcolin spinse il portoncino di casa e, augurando la buona notte ai suoi due compagni, scomparve nel buio.

## 20.

## I gatti di Venezia

I due si avviarono in silenzio verso il loro albergo. Florindo Flores tutto teso ad ascoltare lo sciabordío delle acque dei rii, che risaltava nel gran silenzio della notte. Il Maestro sprofondato in una riflessione sul proprio naso. Le ultime parole sull'ampiezza delle sue narici e sulla comodità di lavorarci dentro volevano essere un complimento? O invece una critica? O, peggio, un sarcasmo? In altre parole, non sapeva se per quell'apprezzamento doveva essergli grato o sentirsi offeso.

Certo, l'aveva liberato dalla puzza d'aglio, e di questo era sommamente soddisfatto. Ma... Comunicò il suo dubbio al capitano Flores che, distolto dalle sue meditazioni, gli chiese a sua volta:

– Come? Non è contento? Respiri a pieni polmoni, e mi dica che cosa sente.

Il Maestro obbedí, inspirò liberamente, e sentí il suo naso riempirsi di una tremenda puzza d'acqua marcia. – Che tanfo vien su da questo rio!

– Bene, – disse il capitano Flores, – questa puzza è reale. Significa che lei è perfettamente guarito e non ha piú bisogno del suo pestilenziale fazzoletto alla violetta.

– Giusto, – ammise il Maestro e, con gesto teatrale, trasse di tasca il fazzoletto e lo gettò nel rio.

Florindo Flores applaudí quel gesto esclamando:

– Basta con le puzze!... Tranne quelle reali, che non si possono eliminare. E poi, professore, mi creda, ognuno si tiene il naso che ha. Anch'io non ho un bel naso, lo so benissimo, ma mi ci sono abituato e ci convivo benissimo.

– Sí, ma a furia di pensare alle parole del dottore, mi sono reso conto di avere un naso proprio enorme. È pur vero che potrei sempre fare una plastica facciale... La chirurgia estetica è molto progredita, e uno può farsi il naso come vuole.

– Non ci pensi neanche, professore: bello o brutto, grande o piccolo, l'importante è andare d'accordo col proprio naso, e amarlo purché funzioni bene. Mi dia retta, professore, non vada a cercarsi altri guai, e provi a voler bene al suo naso cosí com'è.

– Lei è un filosofo, capitano, – disse il semiologo.

Camminarono per un po' in silenzio. Svoltato un angolo, all'incrocio con una calletta strettissima, si trovarono di fronte a un circolo di gatti, seduti sulle zampe posteriori e immobili come statue. Qualche avanzo di cibo in mezzo al gruppetto.

– A proposito di filosofi, – sussurrò Florindo Flores, – non le sembra che quei gatti somiglino a una riunione di filosofi a convegno?

– Si sbaglia, caro capitano: i filosofi, quando si riuniscono a convegno, litigano sempre, o comunque, tutto fanno, tranne stare zitti. E per fare un casino dell'altro mondo, ne bastano anche solo due. Figuriamoci sette!

Sette erano infatti i gatti, e sembravano distinguersi in due famiglie diverse: tre erano rossicci dal muso alla punta della coda, altri tre avevano il pelo grigio con delle lievi striature bianche. Il settimo, seduto in modo da presentare il dorso a chi passava nella calle, era un siamese, non puro certamente, ma che della sua razza aveva conservato tutta la dignità, per non dire l'alterigia. Mentre gli altri, sentendo i due uomini parlottare, avevano voltato lentamente la testa per guardarli in silenzio, il siamese non si girò. Rimase immobile in quella sua posizione ieratica, certo aspettando che i due seccatori se ne andassero. Tutti, d'altra parte, una volta girata la testa a guardare i due passanti, rimasero fermi come statue, fissandoli, con occhi gialli e quieti che però dicevano chiaramente:

– Che cosa state a guardare? Qui non c'è niente che possa interessare gli uomini.

I due capirono e continuarono per la loro strada.

– Venezia la notte diventa il loro regno, – disse il semiologo. E aveva ragione: attraversando le callette che portavano all'albergo non incontrarono neanche una persona, solo qualche gatto che, rapido e furtivo, rasentando i muri, si dirigeva a qualche gattesco convegno. E non si udiva un miagolio, malgrado la notte di luna piena splendesse sulla città.

Erano ormai giunti nei pressi del loro albergo, quando Florindo Flores si fermò deciso:

– Professore, a me piacerebbe fare una piccola deviazione verso il ponte dell'Accademia. Se lei è stanco ci posso anche andare da solo.

– Non si perderà, capitano?

– No, il ponte è lí, lo vedo. E dal ponte all'albergo la strada la conosco.

– Allora a domani, – disse il semiologo avviandosi verso l'albergo.

Florindo Flores salí di buon passo fino alla sommità del ponte, e si fermò. Da lí poteva finalmente vedere la chiesa del Longhena:

– Sarebbe stato un vero peccato lasciare Venezia senza rivedere la mia chiesa... Stanotte, poi, sembra che sia la luce della luna a far emergere quest'enorme massa dall'ombra...

Le statue e le volute della facciata fiorivano infatti sotto la luce splendente di una luna quasi allo zenit, alta nel cielo. E ogni particolare era diverso da quando l'aveva vista il primo giorno, alla luce dell'alba. I raggi del sole la inondavano frontalmente, esaltandone le curve e le masse marmoree, mentre la luna, illuminandola dall'alto, faceva risplendere solo alcune parti, alcuni rilievi, e su tutto il resto infittiva l'ombra. Su quello spettacolo aleggiava un senso di mistero che s'insinuava nell'animo, un mistero che non lasciava spazio ad altre considerazioni. Florindo Flores non avrebbe saputo definirlo: bellezza, stranezza... Poteva solo sentirne il mistero.

E mentre si dirigeva all'albergo, pensò che tutta Venezia era dominata da questo senso di mistero. Persino i gatti. Callette e ponticelli. Le facciate dei palazzi, con le loro eleganti bifore e trifore, che non lasciavano apparire nulla di quanto c'era dietro.

«Ma d'altra parte, – concluse tra sé, – il mistero è in tutta la vita». E chi meglio di lui ne aveva fatto esperienza? Chi era il Maestro, e come era entrato nella sua vita? Prima coi suoi cadaveri clonati e le complicazioni che gli avevano causato; poi con la sua presenza a Sassari, un po' astratta e lontana, insidiata da Faccia di Legno; adesso con questa strana persecuzione della puzza d'aglio, risolta cosí semplicemente dal modesto dottor Marcolin, il medico dei poveri. Pensò che l'indomani si sarebbero separati, avrebbero preso due treni in direzioni diverse e forse non si sarebbero piú rivisti. Non si sarebbero piú rivisti? E se il Maestro fosse improvvisamente emerso dal suo mondo misterioso, e avesse stravolto ancora la sua vita, come aveva già fatto?

«Chi lo può sapere? – si disse. – Nella vita tutto è possibile».

Lui non se ne accorgeva, ma un impercettibile sorriso sfiorava le sue labbra.

*Indice*

p. 3 1. La «bagna cauda»
9 2. Una vita difficile
15 3. Incontro fatale
24 4. Arrivo a Venezia
30 5. La Serenissima
34 6. Vane ricerche
36 7. Il «Báccaro»
41 8. L'ascensore di Ca' Foscari
44 9. La conferenza del Maestro
49 10. Seconda conferenza del Maestro
54 11. La confessione
58 12. I dubbi del Maestro
61 13. Dalla fattucchiera
69 14. Attraverso Venezia
74 15. Il professor Dürrenapfel
81 16. Ragionamenti in campo San Polo
85 17. L'osteria «della Donna Onesta»
91 18. Il dottor Marcolin
96 19. Operazione «narice destra»
103 20. I gatti di Venezia

*Stampato nel gennaio 1999 per conto della Casa editrice Einaudi*
*presso G. Canale & C., s.p.a., Borgaro (Torino)*

C.L. 15136

# Einaudi Tascabili

1 Omero, *Odissea*. Versione di Rosa Calzecchi Onesti. Testo a fronte (12ª ed.).
2 Levi (Primo), *Se questo è un uomo. La tregua* (23ª ed.).
3 Least Heat-Moon, *Strade blu. Un viaggio dentro l'America* (10ª ed.).
4 Morante, *Aracoeli. Romanzo* (9ª ed.).
5 Virgilio, *Eneide*. Introduzione e traduzione di Rosa Calzecchi Onesti. Testo a fronte (9ª ed.).
6 *Storia d'Italia. I caratteri originali*. A cura di Ruggiero Romano e Corrado Vivanti (2 volumi).
7 Levi (Carlo), *L'Orologio* (3ª ed.).
8 Bloch (Marc), *I re taumaturghi. Studi sul carattere sovrannaturale attribuito alla potenza dei re particolarmente in Francia e in Inghilterra* (4ª ed.).
9 Packard, *I persuasori occulti* (6ª ed.).
10 Amado, *Teresa Batista stanca di guerra* (14ª ed.).
11 Buñuel, *Sette film* (L'età dell'oro. Nazarin. Viridiana. L'angelo sterminatore. Simone del deserto. La via lattea. Il fascino discreto della borghesia) (2ª ed.).
12 *I Vangeli apocrifi*. A cura di Marcello Craveri (9ª ed.).
13 Sciascia, *Il giorno della civetta* (5ª ed.).
14 Sciascia, *Il contesto. Una parodia* (2ª ed.).
15 Sciascia, *Todo modo* (2ª ed.).
16 Fitzgerald, *Tenera è la notte* (11ª ed.).
17 Schulberg, *I disincantati*.
18 Sartre, *La nausea* (9ª ed.).
19 Bataille, *L'azzurro del cielo* (2ª ed.).
20 Musil, *I turbamenti del giovane Törless* (6ª ed.).
21 Mann, *La morte a Venezia* (7ª ed.).
22 Shirer, *Storia del Terzo Reich* (2 volumi) (4ª ed.).
23 Frank, *Diario* (13ª ed.).
24 Rigoni Stern, *Il sergente nella neve. Ritorno sul Don* (10ª ed.).
25 Fenoglio, *Una questione privata. I ventitre giorni della città di Alba* (9ª ed.).
26 Deakin, *La brutale amicizia. Mussolini, Hitler e la caduta del fascismo italiano* (2 volumi).
27 Nerval, *Le figlie del fuoco*.
28 Rimbaud, *Opere*. Testo a fr. (4ª ed.).
29 Walser, *L'assistente* (3ª ed.).
30 Vassalli, *La notte della cometa. Il romanzo di Dino Campana* (7ª ed.).
31 Svevo, *La coscienza di Zeno e «continuazioni»* (2ª ed.).
32 Pavese, *Il carcere* (2ª ed.).
33 Pavese, *Il compagno* (9ª ed.).
34 Pavese, *La casa in collina* (12ª ed.).
35 Omero, *Iliade*. Versione di Rosa Calzecchi Onesti. Testo a fronte (8ª ed.).
36 Tolstoj, *Guerra e pace* (2 volumi) (7ª ed.).
37 Codino, *Introduzione a Omero* (2ª ed.).
38 De Roberto, *I Viceré* (5ª ed.).
39 Jovine, *Signora Ava*.
40 Levi (Carlo), *Cristo si è fermato a Eboli* (10ª ed.).
41 Rea, *Gesú, fate luce*.
42 Tornabuoni, *'90 al cinema*.
43 Gino & Michele - Molinari, *Anche le formiche nel loro piccolo s'incazzano* (18ª ed.).
44 Balzac, *Splendori e miserie delle cortigiane* (2ª ed.).
45 Proust, *Contro Sainte-Beuve*.
Proust, *Alla ricerca del tempo perduto*:
46 *La strada di Swann* (2 volumi).
47 *All'ombra delle fanciulle in fiore* (3 volumi).
48 *I Guermantes* (3 volumi).
49 *Sodoma e Gomorra* (2 volumi).

50 *La prigioniera* (2 volumi).
51 *Albertine scomparsa*.
52 *Il tempo ritrovato* (2 volumi).
53 *I Vangeli* nella traduzione di Niccolò Tommaseo. A cura di Cesare Angelini.
54 *Atti degli Apostoli*. A cura di Cesare Angelini.
55 Holl, *Gesú in cattiva compagnia*.
56 Volponi, *Memoriale* (4ª ed.).
57 Levi (Primo), *La chiave a stella* (8ª ed.).
58 Volponi, *Le mosche del capitale* (2ª ed.).
59 Levi (Primo), *I sommersi e i salvati* (9ª ed.).
60 *I padri fondatori. Da Jahvè a Voltaire*.
61 Poe, *Auguste Dupin investigatore e altre storie*.
62 Soriano, *Triste, solitario y final* (8ª ed.).
63 Dürrenmatt, *Un requiem per il romanzo giallo. La promessa. La panne* (4ª ed.).
64 Biasion, *Sagapò* (3ª ed.).
65 Fenoglio, *Primavera di bellezza* (4ª ed.).
66 Rimanelli, *Tiro al piccione*.
67 Soavi, *Un banco di nebbia*.
68 Conte, *Gli Slavi* (4ª ed.).
69 Schulz, *Le botteghe color cannella*.
70 Serge, *L'Anno primo della rivoluzione russa*.
71 Ripellino, *Praga magica* (9ª ed.).
72 Vasari, *Le vite de' piú eccellenti architetti, pittori, et scultori italiani, da Cimabue insino a' tempi nostri*. A cura di Luciano Bellosi e Aldo Rossi (2 volumi) (5ª ed.).
73 Amado, *Gabriella garofano e cannella* (11ª ed.).
74 Lane, *Storia di Venezia* (6ª ed.).
75 *Tirature '91*. A cura di Vittorio Spinazzola.
76 Tornabuoni, *'91 al cinema*.
77 Ramondino-Müller, *Dadapolis*.
78 De Filippo, *Tre commedie* (2ª ed.).
79 Milano, *Storia degli ebrei in Italia* (4ª ed.).
80 Todorov, *La conquista dell'America* (9ª ed.).
81 Melville, *Billy Budd e altri racconti* (2ª ed.).
82 Yourcenar, *Care memorie* (9ª ed.).
83 Murasaki, *Storia di Genji. Il principe splendente* (2 volumi) (2ª ed.).
84 Jullian, *Oscar Wilde*;
85 Brontë, *Cime tempestose* (7ª ed.).
86 Andersen, *Fiabe* (6ª ed.).
87 Harris, *Buono da mangiare* (7ª ed.).
88 Mann, *I Buddenbrook* (7ª ed.).
89 Yourcenar, *Archivi del Nord* (7ª ed.).
90 Prescott, *La Conquista del Messico* (3ª ed.).
91 *Beowulf* (5ª ed.).
92 Stajano, *Il sovversivo. L'Italia nichilista*.
93 Vassalli, *La chimera* (12ª ed.).
94 *Le meraviglie del possibile. Antologia della fantascienza* (4ª ed.).
95 Vargas Llosa, *La guerra della fine del mondo* (3ª ed.).
96 Levi (Primo), *Se non ora, quando?* (7ª ed.).
97 Vaillant, *La civiltà azteca* (4ª ed.).
98 Amado, *Jubiabá* (5ª ed.).
99 Boccaccio, *Decameron* (2 volumi) (7ª ed.).
100 Ghirelli, *Storia di Napoli* (3ª ed.).
101 Volponi, *La strada per Roma* (3ª ed.).
102 McEwan, *Bambini nel tempo* (8ª ed.).
103 Cooper, *L'ultimo dei Mohicani* (4ª ed.).
104 Petrarca, *Canzoniere* (6ª ed.).
105 Yourcenar, *Quoi? L'Eternité* (4ª ed.).
106 Brecht, *Poesie* (4ª ed.).
107 Ben Jelloun, *Creatura di sabbia* (7ª ed.).
108 Pevsner, Fleming, Honour, *Dizionario di architettura* (7ª ed.).
109 James, *Racconti di fantasmi* (6ª ed.).
110 Grimm, *Fiabe* (6ª ed.).
111 *L'arte della cucina in Italia*. A cura di Emilio Faccioli.
112 Keller, *Enrico il Verde* (2ª ed.).
113 Maltese, *Storia dell'arte in Italia 1785-1943* (2ª ed.).
114 Ben Jelloun, *Notte fatale* (7ª ed.).
115 Fruttero-Lucentini, *Il quarto libro della fantascienza* (2ª ed.).

116 Ariosto, *Orlando furioso* (2 volumi) (6ª ed.).

117 Boff, *La teologia, la Chiesa, i poveri*.

118 Pirandello, *Sei personaggi in cerca d'autore* (3ª ed.).

119 James, *Ritratto di signora* (6ª ed.).

120 Abulafia, *Federico II* (6ª ed.).

121 Dostoevskij, *Delitto e castigo* (9ª ed.).

122 Masters, *Antologia di Spoon River* (7ª ed.).

123 Verga, *Mastro-don Gesualdo* (3ª ed.).

124 Ostrogorsky, *Storia dell'impero bizantino* (5ª ed.).

125 Beauvoir (de), *I Mandarini* (4ª ed.).

126 Yourcenar, *Come l'acqua che scorre* (7ª ed.).

127 Tasso, *Gerusalemme liberata* (5ª ed.).

128 Dostoevskij, *I fratelli Karamazov* (7ª ed.).

129 Honour, *Neoclassicismo* (3ª ed.).

130 De Felice, *Storia degli ebrei italiani* (4ª ed.).

131 Goldoni, *Memorie* (2ª ed.).

132 Stendhal, *Il rosso e il nero* (4ª ed.).

133 Runciman, *Storia delle crociate* (2 volumi) (4ª ed.).

134 Balzac (de), *La Fille aux yeux d'or* (Serie bilingue) (2ª ed.).

135 Mann, *Tonio Kröger* (Serie bilingue) (3ª ed.).

136 Joyce, *The Dead* (Serie bilingue) (2ª ed.).

137 *Poesia italiana del Novecento*. A cura di Edoardo Sanguineti (2 volumi) (2ª ed.).

138 Ellison, *Uomo invisibile*.

139 Rabelais, *Gargantua e Pantagruele* (5ª ed.).

140 Savigneau, *Marguerite Yourcenar* (2ª ed.).

141 Scholem, *Le grandi correnti della mistica ebraica* (3ª ed.).

142 Wittkower, *Arte e architettura in Italia, 1600-1750* (6ª ed.).

143 Revelli, *La guerra dei poveri* (3ª ed.).

144 Tolstoj, *Anna Karenina* (6ª ed.).

145 *Storie di fantasmi*. A cura di Fruttero e Lucentini (3ª ed.).

146 Foucault, *Sorvegliare e punire* (6ª ed.).

147 Truffaut, *Autoritratto* (2ª ed.).

148 Maupassant (de), *Racconti dell'incubo* (4ª ed.).

149 Dickens, *David Copperfield* (3ª ed.).

150 Pirandello, *Il fu Mattia Pascal* (6ª ed.).

151 Isherwood, *Mr Norris se ne va* (2ª ed.).

152 Zevi, *Saper vedere l'architettura* (3ª ed.).

153 Yourcenar, *Pellegrina e straniera* (3ª ed.).

154 Soriano, *Mai piú pene né oblio. Quartieri d'inverno* (4ª ed.).

155 Yates, *L'arte della memoria* (4ª ed.).

156 Pasolini, *Petrolio* (5ª ed.).

157 Conrad, *The Shadow-Line* (Serie bilingue) (4ª ed.).

158 Stendhal, *L'Abbesse de Castro* (Serie bilingue) (2ª ed.).

159 Monelli, *Roma 1943* (2ª ed.).

160 Mila, *Breve storia della musica* (5ª ed.).

161 Whitman, *Foglie d'erba* (6ª ed.).

162 Rigoni Stern, *Storia di Tönle. L'anno della vittoria* (4ª ed.).

163 Partner, *I Templari* (7ª ed.).

164 Kawabata, *Bellezza e tristezza* (3ª ed.).

165 Carpi, *Diario di Gusen* (2ª ed.).

166 Perodi, *Fiabe fantastiche* (2ª ed.).

167 *La scultura raccontata da Rudolf Wittkower* (3ª ed.).

168 N. Ginzburg, *Cinque romanzi brevi* (5ª ed.).

169 Leopardi, *Canti* (5ª ed.).

170 Fellini, *Fare un film* (2ª ed.).

171 Pirandello, *Novelle* (3ª ed.).

172 Publio Ovidio Nasone, *Metamorfosi* (5ª ed.).

173 *Il sogno della Camera Rossa. Romanzo cinese del secolo* XVIII (2ª ed.).

174 Dostoevskij, *I demoni* (6ª ed.).

175 Yourcenar, *Il Tempo, grande scultore* (3ª ed.).

176 Vassalli, *Marco e Mattio* (5ª ed.).

177 Barthes, *Miti d'oggi* (3ª ed.).

178 Hoffmann, *Racconti notturni* (3ª ed.).

179 Fenoglio, *Il partigiano Johnny* (6ª ed.).

180 Ishiguro, *Quel che resta del giorno* (11ª ed.).
181 Cervantes, *Don Chisciotte della Mancia* (2 voll.) (5ª ed.).
182 O'Connor, *Il cielo è dei violenti* (2ª ed.).
183 Gambetta, *La mafia siciliana*.
184 Brecht, *Leben des Galilei* (Serie bilingue) (4ª ed.).
185 Melville, *Bartleby, the Scrivener* (Serie bilingue) (3ª ed.).
186 Vercors, *Le silence de la mer* (Serie bilingue) (3ª ed.).
187 *«Una frase, un rigo appena». Racconti brevi e brevissimi*.
188 Queneau, *Zazie nel metró* (7ª ed.).
189 Tournier, *Venerdí o il limbo del Pacifico* (2ª ed.).
190 Viganò, *L'Agnese va a morire* (4ª ed.).
191 Dostoevskij, *L'idiota* (8ª ed.).
192 Shakespeare, *I capolavori*. Vol. I° (2ª ed.)
193 Shakespeare, *I capolavori*. Vol. II° (2ª ed.)
194 Allen, *Come si diventa nazisti* (3ª ed.).
195 Gramsci, *Vita attraverso le lettere* (2ª ed.).
196 Gogol', *Le anime morte* (2ª ed.).
197 Wright, *Ragazzo negro* (4ª ed.).
198 Maupassant, *Racconti del crimine* (2ª ed.).
199 *Lettere di condannati a morte della Resistenza italiana* (3ª ed.).
200 Mila, *Brahms e Wagner*.
201 Renard, *Pel di Carota* (2ª ed.).
202 Beccaria, *Dei delitti e delle pene*.
203 Levi P., *Il sistema periodico* (4ª ed.).
204 Ginzburg (Natalia), *La famiglia Manzoni* (4ª ed.).
205 Paumgartner, *Mozart*.
206 Adorno, *Minima moralia* (3ª ed.).
207 Zola, *Germinale* (4ª ed.).
208 Kieślowski-Piesiewicz, *Decalogo* (2ª ed.).
209 Beauvoir (de), *Memorie d'una ragazza perbene* (4ª ed.).
210 Leopardi, *Memorie e pensieri d'amore*.
211 McEwan, *Il giardino di cemento* (7ª ed.).
212 Pavese, *Racconti* (3ª ed.).
213 Sanvitale, *Madre e figlia* (3ª ed.).
214 Jovine, *Le terre del Sacramento* (2ª ed.).
215 Ben Jelloun, *Giorno di silenzio a Tangeri* (4ª ed.).
216 Volponi, *Il pianeta irritabile*.
217 Hayes, *La ragazza della Via Flaminia*.
218 Malamud, *Il commesso* (2ª ed.).
219 Defoe, *Fortune e sfortune della famosa Moll Flanders* (2ª ed.).
220 Böll, *Foto di gruppo con signora* (4ª ed.).
221 Biamonti, *Vento largo*.
222 Lovercraft, *L'orrendo richiamo*.
223 Malerba, *Storiette e Storiette tascabili*.
224 Mainardi, *Lo zoo aperto*.
225 Verne, *Il giro del mondo in ottanta giorni* (2ª ed.).
226 Mastronardi, *Il maestro di Vigevano* (2ª ed.).
227 Vargas Llosa, *La zia Julia e lo scribacchino* (3ª ed.).
228 Rousseau, *Il contratto sociale* (5ª ed.).
229 Mark Twain, *Le avventure di Tom Sawyer* (2ª ed.).
230 Jung, *Il problema dell'inconscio nella psicologia moderna*.
231 Mancinelli, *Il fantasma di Mozart e altri racconti* (2ª ed.).
232 West, *Il giorno della locusta* (2ª ed.).
233 Mark Twain, *Le avventure di Huckleberry Finn* (2ª ed.).
234 Lodoli, *I principianti* (2ª ed.).
235 Voltaire, *Il secolo di Luigi XIV*.
236 Thompson, *La civiltà Maja* (3ª ed.)
237 Tolstoj, *I quattro libri di lettura* (2ª ed.)
238 Morante, *Menzogna e sortilegio* (3ª ed.)
239 Wittkower, *Principi architettonici nell'età dell'Umanesimo* (3ª ed.).
240 Somerset Maugham, *Storie di spionaggio e di finzioni*.
241 *Fiabe africane* (2ª ed.).
242 Pasolini, *Vita attraverso le lettere*.
243 Romano, *La penombra che abbiamo attraversato*.
244 Della Casa, *Galateo* (2ª ed.).
245 Byatt, *Possessione. Una storia romantica* (6ª ed.).

246 Strassburg, *Tristano*.
247 Ben Jelloun, *A occhi bassi* (4ª ed.).
248 Morante, *Lo scialle andaluso* (3ª ed.).
249 Pirandello, *Uno, nessuno e centomila* (3ª ed.).
250 Soriano, *Un'ombra ben presto sarai* (5ª ed.).
251 McEwan, *Cani neri* (6ª ed.).
252 Cerami, *Un borghese piccolo piccolo* (2ª ed.).
253 Morante, *Il mondo salvato dai ragazzini e altri poemi* (2ª ed.).
254 Fallada, *Ognuno muore solo* (2ª ed.).
255 Beauvoir (de), *L'età forte* (2ª ed.).
256 Alighieri, *Rime* (2ª ed.).
257 Macchia, *Il mito di Parigi. Saggi e motivi francesi* (2ª ed.).
258 De Filippo, *Cantata dei giorni dispari I*.
259 Ben Jelloun, *L'amicizia* (5ª ed.).
260 *Lettere dei condannati a morte della Resistenza europea*.
261 Stajano, *Un eroe borghese* (3ª ed.).
262 Spinella, *Memoria della Resistenza* (2ª ed.).
263 Foscolo, *Ultime lettere di Jacopo Ortis* (3ª ed.).
264 Schliemann, *La scoperta di Troia* (3ª ed.).
265 Dostoevskij, *Umiliati e offesi* (4ª ed.).
266 Ishiguro, *Un pallido orizzonte di colline* (2ª ed.).
267 Morante, *La Storia* (5ª ed.).
268 Romano (Lalla), *Maria* (2ª ed.).
269 Levi Pisetzky, *Il costume e la moda nella società italiana*.
270 Salmon, *Il Sannio e i Sanniti* (2ª ed.).
271 Benjamin, *Angelus Novus. Saggi e frammenti* (4ª ed.).
272 Bolis, *Il mio granello di sabbia* (2ª ed.).
273 Matthiae, *Ebla. Un impero ritrovato* (2ª ed.).
274 Sanvitale, *Il figlio dell'Impero*.
275 Maupassant, *Racconti d'amore* (3ª ed.).
276 Céline, *Casse-pipe* (Serie bilingue) (2ª ed.).
277 *Racconti del sabato sera*.
278 Boiardo, *Orlando innamorato* (2 voll.)
279 Woolf, *A Room of One's Own* (Serie bilingue) (3ª ed.).
280 Hoffmann, *Il vaso d'oro*.
281 Bobbio, *Il futuro della democrazia* (2ª ed.).
282 Mancinelli, *I dodici abati di Challant. Il miracolo di santa Odilia. Gli occhi dell'imperatore* (5ª ed.).
283 Soriano, *La resa del leone* (2ª ed.).
284 De Filippo, *Cantata dei giorni dispari II*.
285 Gobetti, *La Rivoluzione Liberale* (3ª ed.).
286 Wittkower, *Palladio e il palladianesimo*.
287 Sartre, *Il muro* (4ª ed.).
288 D'Annunzio, *Versi d'amore*.
289 D'Annunzio, *Alcione*.
290 Caldwell, *La via del tabacco*.
291 Tadini, *La tempesta*.
292 Morante, *L'isola di Arturo* (6ª ed.).
293 Pirandello, *L'esclusa*.
294 Voltaire, *Dizionario filosofico* (2ª ed.).
295 Fenoglio, *Diciotto racconti*.
296 Hardy, *Tess dei d'Uberville* (2ª ed.).
297 N. Ginzburg, *Famiglia* (2ª ed.).
298 Stendhal, *La Certosa di Parma* (3ª ed.).
299 Yehoshua, *L'amante* (7ª ed.).
300 Beauvoir, *La forza delle cose*.
301 Ceram, *Civiltà sepolte* (5ª ed.).
302 Loy, *Le strade di polvere* (4ª ed.).
303 Piumini, *Lo stralisco*.
304 Rigoni, *Amore di confine* (2ª ed.).
305 Rodinson, *Maometto*.
306 Biamonti, *L'angelo di Avrigue*.
307 Antonioni, *Quel bowling sul Tevere* (2ª ed.).
308 Lodi, *Il paese sbagliato. Diario di un'esperienza didattica*.
309 Machiavelli, *Il Principe* (2ª ed.).
310 Seneca, *Dialoghi morali* (2ª ed.).
311 Dickens, *Casa Desolata* (4ª ed.).
312 Saba, *Ernesto* (2ª ed.).
313 Lawrence, *Donne innamorate*.
314 Pirro, *Celluloide*.
315 Ramondino, *Althénopis*.
316 Rodari, *I cinque libri* (3ª ed.).
317 *I Nibelunghi* (3ª ed.).
318 Bobbio, *Stato, governo, società* (2ª ed.).
319 La Fontaine, *Favole*.
320 Artusi, *La scienza in cucina e l'arte di mangiar bene*.

321 Romano (Lalla), *Una giovinezza inventata* (2ª ed.).
322 De Filippo, *Cantata dei giorni dispari III*.
323 Hilberg, *La distruzione degli Ebrei d'Europa* (2 vol.)
324 Kafka, *Il processo* (Serie Scrittori tradotti da scrittori).
325 Queneau, *I fiori blu* (Serie Scrittori tradotti da scrittori) (5ª ed.).
326 Gogol', *Racconti di Pietroburgo* (Serie Scrittori tradotti da scrittori).
327 James, *Giro di vite* (Serie Scrittori tradotti da scrittori).
328 Borges, *Finzioni* (1935-1944) (Serie Scrittori tradotti da scrittori) (4ª ed.).
329 Radiguet, *Il diavolo in corpo* (Serie Scrittori tradotti da scrittori).
330 De Felice, *Mussolini il rivoluzionario 1883-1920*.
331 De Felice, *Mussolini il fascista*
I. *La conquista del potere 1921-1925*.
332 De Felice, *Mussolini il fascista*
II. *L'organizzazione dello stato fascista 1925-1929*.
333 Hawthorne, *La lettera scarlatta* (6ª ed.).
334 Orengo, *Dogana d'amore*.
335 Vassalli, *Il Cigno* (2ª ed.).
336 Böll, *Vai troppo spesso a Heidelberg*.
337 Maiello, *Storia del calendario*.
338 Cesare, *La guerra gallica*.
339 McEwan, *Lettera a Berlino* (2ª ed.).
340 Schneider, *Le voci del mondo* (4ª ed.).
341 De Felice, *Mussolini il duce*
I. *Gli anni del consenso 1929-1936* (2ª ed.).
342 De Felice, *Mussolini il fascista*
II. *Lo Stato totalitario 1936-1940* (2ª ed.).
343 Cervantes, *La gitanilla* (Serie bilingue).
344 Dostoevskij, *Notti bianche* (Serie bilingue) (2ª ed.).
345 N. Ginzburg, *Tutti i nostri ieri* (2ª ed.).
346 Breton, *Antologia dello humor nero*.
347 Maupassant, *Una vita* (Serie Scrittori tradotti da scrittori).
348 Pessoa, *Il marinaio* (Serie Scrittori tradotti da scrittori) (4ª ed.).
349 Stevenson, *Lo strano caso del Dr. Jekyll e del Sig. Hyde* (Serie Scrittori tradotti da scrittori).
350 London, *Il richiamo della foresta* (Serie Scrittori tradotti da scrittori).
351 Burgess, *Arancia meccanica* (7ª ed.).
352 Byatt, *Angeli e insetti*.
353 Wittkower, *Nati sotto Saturno* (3ª ed.).
354 Least Heat-Moon, *Prateria. Una mappa in profondità* (2ª ed.).
355 Soriano, *Artisti, pazzi e criminali* (2ª ed.).
356 Saramago, *L'anno della morte di Ricardo Reis* (4ª ed.).
357 Le Goff, *La nascita del Purgatorio* (2ª ed.).
358 Del Giudice, *Lo stadio di Wimbledon* (2ª ed.).
359 Flaubert, *Bouvard e Pécuchet* (2ª ed.).
360 Pinter, *Teatro*. Vol. I (2ª ed.).
361 *Lettere al primo amore*.
362 Yehoshua, *Il signor Mani* (5ª ed.).
363 Goethe, *Le affinità elettive* (4ª ed.).
364 Maraini, *L'età del malessere* (6ª ed.).
365 Maugham, *Racconti dei Mari del Sud* (2ª ed.).
366 McCarthy, *Cavalli selvaggi* (4ª ed.).
367 Antonelli, Delogu, De Luca, *Fuori tutti* (Stile libero).
368 Kerouac, Dylan, Ginsberg, Burroughs, Ferlinghetti e altri, *Battuti & Beati. I Beat raccontati dai Beat* (Stile libero) (2ª ed.).
369 Norman X e Monique Z, *Norman e Monique. La storia segreta di un amore nato nel cyberspazio* (Stile libero).
370 Cerami, *Consigli a un giovane scrittore* (Stile libero) (6ª ed.).
371 Puig, *Il bacio della donna ragno*.
372 Purdy, *Rose e cenere*.
373 Benjamin, *Sull'hascisch* (2ª ed.).
374 Levi (Primo), *I racconti* (3ª ed.).
375 De Carlo, *Yucatan* (5ª ed.).
376 Gandhi, *Teoria e pratica della nonviolenza*.
377 Ellis, *Meno di zero* (3ª ed.).

378 Ben Jelloun, *Lo scrivano* (2ª ed.).
379 Hugo, *Notre-Dame de Paris* (5ª ed.).
380 Bardo Thödol, *Libro dei morti tibetano* (2ª ed.).
381 Mancinelli, *I tre cavalieri del Graal* (2ª ed.).
382 Roberto Benigni, *E l'alluce fu* (Stile libero) (6ª ed.).
383 Gibson, Ferret, Cadigan, Di Filippo, Sterling, Swanwick, Rucker e altri, *Cuori elettrici. Antologia essenziale del cyberpunk* (Stile libero).
384 Cortázar, *Bestiario*.
385 Frame, *Un angelo alla mia tavola* (4ª ed.).
386 L. Romano, *Le parole tra noi leggere* (3ª ed.).
387 Fenoglio, *La paga del sabato* (2ª ed.).
388 Maupassant, *Racconti di vita parigina* (2ª ed.).
389 aa.vv., *Fantasmi di Terra, Aria, Fuoco e Acqua*. A cura di Malcolm Skey.
390 Queneau, *Pierrot amico mio*.
391 Magris, *Il mito absburgico* (2ª ed.).
392 Briggs, *Fiabe popolari inglesi*.
393 Bulgakov, *Il Maestro e Margherita* (4ª ed.).
394 A. Gobetti, *Diario partigiano*.
395 De Felice, *Mussolini l'alleato 1940-43*
I. *Dalla guerra «breve» alla guerra lunga*.
396 De Felice, *Mussolini l'alleato 1940-43*
II. *Crisi e agonia del regime*.
397 James, *Racconti italiani*.
398 Lane, *I mercanti di Venezia* (2ª ed.).
399 McEwan, *Primo amore, ultimi riti. Fra le lenzuola e altri racconti* (2ª ed.).
400 aa.vv., *Gioventú cannibale* (Stile libero) (4ª ed.).
401 Verga, *I Malavoglia*.
402 O'Connor, *I veri credenti* (Stile libero) (3ª ed.).
403 Mutis, La *Neve dell'Ammiraglio* (2ª ed.).
404 De Carlo, *Treno di panna* (5ª ed.).
405 Mutis, *Ilona arriva con la pioggia* (2ª ed.).
406 Rigoni Stern, *Arboreto salvatico* (2ª ed.).
407 Poe, *I racconti*. Vol. I (Serie Scrittori tradotti da scrittori).
408 Poe, *I racconti*. Vol. II (Serie Scrittori tradotti da scrittori).
409 Poe, *I racconti*. Vol. III (Serie Scrittori tradotti da scrittori).
410 Pinter, *Teatro*. Vol. II (2ª ed.).
411 Grahame, *Il vento nei salici*.
412 Ghosh, *Le linee d'ombra*.
413 Vojnovič, *Vita e straordinarie avventure del soldato Ivan Čonkin*.
414 Cerami, *La lepre*.
415 Cantarella, *I monaci di Cluny* (2ª ed.).
416 Auster, *Moon Palace* (2ª ed.).
417 Antelme, *La specie umana*.
418 Yehoshua, *Cinque stagioni*.
419 Mutis, *Un bel morir*.
420 Fenoglio, *La malora* (2ª ed.).
421 Gawronski, *Guida al volontariato* (Stile libero).
422 Banks, *La legge di Bone*.
423 Kafka, *Punizioni* (Serie bilingue).
424 Melville, *Benito Cereno* (Serie bilingue).
425 P. Levi, *La tregua* (2ª ed.).
426 Revelli, *Il mondo dei vinti*.
427 aa.vv., *Saggezza stellare* (Stile libero).
428 McEwan, *Cortesie per gli ospiti* (2ª ed.).
429 Grasso, *Il bastardo di Mautàna*.
430 Soriano, *Pensare con i piedi*.
431 Ben Jelloun, *Le pareti della solitudine*.
432 Albertino, *Benissimo!* (Stile libero).
433 *Il libro delle preghiere* (3ª ed.).
434 Malamud, *Uomo di Kiev*.
435 Saramago, *La zattera di pietra* (2ª ed.).
436 N. Ginzburg, *La città e la casa* (2ª ed.).
437 De Carlo, *Uccelli da gabbia e da voliera* (4ª ed.).
438 Cooper, *Frisk* (Stile libero) (3ª ed.).
439 Barnes, *Una storia del mondo in 10 capitoli e ½* (2ª ed.).
440 Mo Yan, *Sorgo rosso*.
441 Catullo, *Le poesie*.
442 Rigoni Stern, *Le stagioni di Giacomo*.

443 Mancinelli, *I casi del capitano Flores. Il mistero della sedia a rotelle* (2ª ed.).
444 Ammaniti, *Branchie* (Stile libero) (3ª ed.).
445 Lodoli, *Diario di un millennio che fugge*.
446 McCarthy, *Oltre il confine*.
447 Gardiner, *La civiltà egizia* (2ª ed.).
448 Voltaire, *Zadig* (Serie bilingue).
449 Poe, *The Fall of the House of Usher and other Tales* (Serie bilingue).
450 Arena, Decaro, Troisi, *La smorfia* (Stile libero).
451 Rosselli, *Socialismo liberale*.
452 Byatt, *Tre storie fantastiche*.
453 Dostoevskij, *L'adolescente*.
454 Carver, *Il mestiere di scrivere* (Stile libero) (2ª ed.).
455 Ellis, *Le regole dell'attrazione*.
456 Loy, *La bicicletta*.
457 Lucarelli, *Almost Blue* (Stile libero) (5ª ed.).
458 Pavese, *Il diavolo sulle colline*.
459 Hume, *Dialoghi sulla religione naturale*.
460 *Le mille e una notte*. Edizione a cura di Francesco Gabrieli (4 volumi in cofanetto).
461 Arguedas, *I fiumi profondi*.
462 Queneau, *La domenica della vita*.
463 Leonzio, *Il volo magico*.
464 Pazienza, *Paz* (Stile libero) (4ª ed.).
465 Musil, *L'uomo senza qualità* (2 v.) (2ª ed.).
466 Dick, *Cronache del dopobomba* (Vertigo).
467 Royle, *Smembramenti* (Vertigo).
468 Skipp-Spector, *In fondo al tunnel* (Vertigo).
469 McDonald, *Forbici vince carta vince pietra* (Vertigo).
470 Maupassant, *Racconti di vita militare*.
471 P. Levi, *La ricerca delle radici*.
472 Davidson, *La civiltà africana*.
473 Duras, *Il pomeriggio del signor Andesmas. Alle dieci e mezzo di sera, d'estate*.
474 Vargas Llosa, *La Casa Verde*.
475 Grass, *La Ratta*.
476 Yu Hua, *Torture* (Stile libero).
477 Vinci, *Dei bambini non si sa niente* (Stile libero) (4ª ed.).
478 Bobbio, *L'età dei diritti*.
479 Cortázar, *Storie di cronopios e di famas*.
480 Revelli, *Il disperso di Marburg*.
481 Faulkner, *L'urlo e il furore*.
482 McCoy, *Un bacio e addio* (Vertigo).
483 Cerami, *Fattacci* (Stile libero).
484 Dickens, *Da leggersi all'imbrunire*.
485 Auster, *L'invenzione della solitudine* (2ª ed.).
486 Nove, *Puerto Plata Market* (Stile libero) (3ª ed.).
487 Fo, *Mistero buffo* (Stile libero) (2ª ed.).
488 Höss, *Comandante ad Auschwitz* (2ª ed.).
489 Amado, *Terre del finimondo*.
490 Benigni-Cerami, *La vita è bella* (Stile libero).
491 *Lunario dei giorni di quiete*. A cura di Guido Davico Bonino (3ª ed.).
492 Fo, *Manuale minimo dell'attore* (Stile libero).
493 O'Connor, *Cowboys & Indians* (Stile libero).
494 *L'agenda di Mr Bean* (Stile libero).
495 P. Levi, *L'altrui mestiere*.
496 Manchette, *Posizione di tiro* (Vertigo).
497 Rucher, *Su e giú per lo spazio* (Vertigo).
498 Vargas Llosa, *La città e i cani*.
499 Zoderer, *L'«italiana»*.
500 Pavese, *Le poesie*.
501 Goethe, *I dolori del giovane Werther*.
502 Yehoshua, *Un divorzio tardivo* (2ª ed.).
503 Vassalli, *Cuore di pietra*.
504 Lucarelli, *Il giorno del lupo* (Stile libero) (3ª ed.).
505 *Quel che ho da dirvi. Autoritratto delle ragazze e dei ragazzi italiani*. A cura di Caliceti e Mozzi (Stile libero).

506 Dickens, *Grandi speranze*.
507 Boncinelli, *I nostri geni*.
508 Brecht, *I capolavori* (2 volumi).
509 Mancinelli, *I casi del capitano Flores. Killer presunto*.
510 Auster, *Trilogia di New York* (2ª ed.).
511 Saramago, *Cecità* (2ª ed.).
512 Dumas, *I tre moschettieri*.
513 Borges, *Elogio dell'ombra*.
514 Womak, *Futuro zero* (Vertigo).
515 Landsale, *La notte del drive-in* (Vertigo).
516 Fo, *Marino libero! Marino è innocente* (Stile libero).
517 Rigoni Stern, *Uomini, boschi e api*.
518 Acitelli, *La solitudine dell'ala destra* (Stile libero).
519 Merini, *Fiore di poesia*.
520 Borges, *Manuale di zoologia fantastica*.
521 Neruda, *Confesso che ho vissuto*.
522 Stein, *La civiltà tibetana*.
523 Albanese, Santin, Serra, Solari, *Giú al Nord* (Stile libero).
524 Ovidio, *Versi e precetti d'amore*.
525 Amado, *Cacao*.
526 Queneau, *Troppo buoni con le donne*.
527 Pisón, *Strade secondarie* (Stile libero).
528 Maupassant, *Racconti di provincia*.
529 Pavese, *La bella estate* (2ª ed.).
530 Ben Jelloun, *Lo specchio delle falene*.
531 Stancanelli, *Benzina* (Stile libero) (2ª ed.).
532 Ellin, *Specchio delle mie brame* (Vertigo).
533 Marx, *Manifesto del Partito Comunista* (2ª ed.).
534 Del Giudice, *Atlante occidentale*.
535 Soriano, *Fútbol* (2ª ed.).
536 De Beauvoir, *A conti fatti*.
537 Vargas Llosa, *Lettere a un aspirante romanziere* (Stile libero).
538 aa.vv., *Schermi dell'incubo* (Vertigo).
539 Nove, *Superwoobinda* (Stile libero) (2ª ed.).
540 Revelli, *L'anello forte*.
541 Lermontov, *L'eroe del nostro tempo* (Serie bilingue).
542 Behn, *Oroonoko* (Serie bilingue).
543 McCarthy, *Meridiano di sangue*.
544 Proust, *La strada di Swann*.
545 Vassalli, *L'oro del mondo*.
546 Defoe, *Robinson Crusoe*.
547 Madieri, *Verde acqua. La radura*.
548 Amis, *Treno di notte*.
549 Magnus, *Lo sconosciuto* (Stile libero).
550 aa.vv., *Acidi scozzesi* (Stile libero).
551 Romano, *Tetto murato*.
552 Frank, *Diario*.
553 Pavese, *Tra donne sole*.
554 Banks, *Il dolce domani*.
555 Roncaglia, *Il jazz e il suo mondo*.
556 Turgenev, *Padri e figli*.
557 Mollica, *Romanzetto esci dal mio petto*.
558 Metraux, *Gli Inca*.
559 *Zohar. Il libro dello splendore*.
560 Auster, *Mr Vertigo*.
561 De Felice, *Mussolini l'alleato 1943-45*.
II. *La guerra civile*.
562 Robbe-Grillet, *La gelosia*.
563 Metter, *Ritratto di un secolo*.
564 Vargas Llosa, *Conversazione nella «Catedral»*.
565 Wallace, *La ragazza con i capelli strani* (Stile libero).
566 Enzensberger, *Il mago dei numeri*.
567 Roth, *Operazione Shylock*.
568 Barnes, *Amore, ecc*.
569 Zolla, *Il dio dell'ebbrezza* (Stile libero).
570 Evangelisti, *Metallo urlante* (Vertigo).

T1 29186308
PERSECUZIONI
1^EDIZIONE
<E.T.>
MANCINELLI
EINAUDI
TORINO
T 00001323